오늘부터,
詩作 시작

바라보고,
만지고,
냄새 맡고,
귀 기울여
진짜 내 생각을 쓰는 일

오늘부터,
詩作 작

테드 휴즈 지음
김승일 옮김

ㅂ|ㅇ|ㅂㄱ
ViaBook Publisher

자신을 속이지 않는 글쓰기

나는 이 책에 BBC 교육방송 모이라 둘런 양의 요청에 따라 「듣기와 쓰기」라는 프로그램을 위해 쓴 글들을 모아놓았다. 어색한 단어들 외에는 아무것도 수정하지 않았지만, 방송에서 인용했던 작품들을 보충하기 위해 시 몇 편을 추가하였고, 이 책을 유용하게 활용할 수 있는 몇 가지 제안을 덧붙였다.

첫째 날에 다루는 '동물 사로잡기'에서는 일반적으로 사용되는 글쓰기 방식뿐만 아니라 현역 시인인 나 자신의 작법을 전달하면서 독자들이 자기 자신만의 글을 더 씩씩하게 써나갈 수 있기를 바랐다. 자기 자신만의 방식을 이런 식으로 계속 공개하는 것이 나 자신에게, 간접적으로는 독자에게 위험할 수도 있다는 것을 알기 때문에 이후로는 더 신중하게 일반적 방법들을 소개하고자 했다. 그럼에도 내 개인적인 글쓰기 방식은 책 전반에 영향을 끼치고 있다. 내 작업 방식을 통하지 않고서는 적확한 설명을 할 수 없었기 때문이다.

내가 전하려고 하는 것은 우리 세대의 일반적인 견해들이며, 이미 많은 글쓰기 교사가 현장에서 실제로 다루고 있는 것들이다. 나는 여기에 상상력을 이용하는 몇 가지 간단한 글쓰기 방식들을 모아놓았다. 꽤나 유용한 것들이다. 또한 이 책은 텔레비전 프로그램의 형태를 유지하고 있다. 어조나 분위기가 내가 세운 전제들의 핵심을 보존하고 있기 때문이다. 이 책에서 나는 독자들에게 잠재되어 있는 자기표현 능력이 헤아릴 수 없을 만큼 무한하다고 가정한다. 이는 터무니없는 가정일 수 있으며, 사실이라 할지라도 평상시에는 드러나지 않는 특별한 재능을 고양시키기 위해 그토록 오랜 시간을 투자할 사람은 아마 없을 것이다. 그러나 상상력을 활용할 기회를 많이 마련해보고, 억압하지 않으면서 자신감을 고양시키고, 글쓰기에 대한 자연스러운 동기를 불어넣는다면 우리 모두가 지니고 있는 특별한 재능이—그렇게 많지는 않아도 어느 정도는—글에 반영될 공산이 크다.

내가 인용하거나 덧붙인 예시들은 독자들이 자기 자신을 속이지 않으면서 글쓰기를 해나가는 데 모범적인 사례가 될 것이다. 〈데일리 미러〉지에서 주관한 지난 3년간의 학생 문예 경연대회를 통해 나는 내 방식을 수정하거나 더 확고히 하는 기회를 가지게 되었다. 밀턴이나 키츠의 시를 학생들에게 읽어주는 것이 그중 하나였다. 다른 한 가지는 학생들이 이러한 모범적인 사례들을 그들의 글쓰기에 투영하는 것을 제안하거나 허용하는 것이었다. 글쓰기에 거짓이 반영되는 모든 계기, 그리고 결과적으로 작품 구조의 생명력을 갉아먹는 병폐는 추상적이면서 특별한 언어로 된 문학 양식이 존재하며 이를 다루고야 말겠다는 사람들의 열망에서 온다. 문학 교사는 이런 생각들과 거리를 둬야 한다. 그런 개념들은 관습이나 용어를 연구하는 이들의 몫이다. 교사의 가르침은 '쓰는 법'에 대한 것이 아니라 '정말로 뜻하는 바를 어떻게 말로 전달하는가'에 대한 것이어야 하며, 이 과정에서 학생들은 자기 자신에 대한 탐구를 비롯해 어떤 형태로든 문학적인 품격을 연마하게 되는 것이다. 따라서 나는 위대하다고 알려진, 고풍스럽기로 유명하거나 지나치게 권위적인, 독자들의 공감대를 넘어선 부류의 작품들은 예시로 들지 않기로 했다. 정갈

한 언어를 사용하고 세련된 화법을 갖췄으며 심상이나 표상이 마치 우화처럼 단순하거나 받아들이기 쉬운 작품들에서 벗어나지 않기로 했다. 그러나 부득이하게도 모든 독자가 받아들이기에는 다소 예술적이고 지적이며 심리적으로 복잡한 작품들도 포함되어 있을 것이다.

이 책은 프로그램에서 그랬던 것처럼 학생들을 위한 문학 선집이나 교사들을 위한 일반적인 지침서로 활용될 수 있을 것이며, 오늘부터 시작詩作하는 일반 독자에게도 길잡이가 되어줄 것이다. 어느 쪽이 되었든 아무쪼록 만족스럽게 이용할 수 있기를 희망한다.

작은 상자 The Small Box

바스코 포파 Vasco Popa

작은 상자는 젖니를 가지고 있네
작은 키
작은 길이, 조그만 공허
그게 가진 건 이게 전부지

작은 상자는 점점 커져서
이제는 상자 속에 벽장이 들어 있단다
전에는 벽장 안에 상자였는데

상자는 커지고 또 커지고 또 커져서
이제는 상자 속에 방이
집과 마을과 땅이
예전엔 상자가 들어 있었던 세계가 상자 안에 들어 있단다

작은 상자는 자신의 어린 시절을 기억하고는
그때로 돌아가길 갈망했나 봐
작은 상자는 다시 작은 상자가 되어버렸지

이제 작은 상자 속에는
엄청 작은 전 세계가 들어 있다네
당신은 그걸 쉽게 호주머니 안에 넣을 수 있고
쉽게 훔치거나 쉽게 잃어버릴 수도 있어

작은 상자를 조심해

시인들에게 보내는 편지

고등학교 시절 해적판으로 나온 테드 휴즈의 책을 읽었다. 그러곤 이 책이 절판될 때까지, 나는 이 책을 사고 또 샀다. 자꾸만 사람들에게 줬기 때문이다. 시를 써보려는 사람들에게, 내가 좋아하는 사람들에게 줬다. 내가 마지막으로 이 책을 선물한 사람은 지금의 내 아내다. 집에 있는 한 권을 제외하고 더는 이 책을 구할 수 없게 되었을 때, 이 책을 번역하게 되었다. 시인으로 살고 싶어서 읽었던 책을 시인이 되어 다시 만났다.

내가 그랬던 것처럼, 이 책에 첫 번째로 실린 바스코 포파의 「작은 상자」를 읽자마자 여러분은 이 책에 매료되고 말 것이다. 그대로 쭉 끝까지 읽어보기를 권한다. 이 책을 처음 만

난 사람들은 이 책을 시작법을 배우기 위한 교재로 여기기보다 테드 휴즈라는 계관시인 아저씨가 들려주는 재밌는 얘기 정도로 대했으면 한다. 이 책을 다 읽고 나면 누구라도 시를 써보고 싶을 것이다. 시는 그때 쓰기 시작해도 좋다.

이 책에는 여러분의 이해를 돕기 위한 시가 굉장히 많이 실려 있다. 대부분 따라가기 쉽지만 어떤 시들은 17세기, 18세기 영국에서 쓰인 시들이고, 21세기에 살고 있는 독자가 접하기에 다소 난해할 수 있다. 그건 여러분의 탓이 아니니까 너무 긴장하지 않았으면 좋겠다. 책 속에서 테드 휴즈가 자주 언급하듯이, 시는 어떤 메시지를 전달하기 위해서만 존재하는 것이 아니다. 그럴듯한 의미가 수수께끼처럼 숨겨져 있다고 생각하기보다는 있는 그대로 받아들여 봤으면 한다. 시를 그림책의 그림이라고 생각해보면 어떨까? 『시』라는 그림책의 그림은 여러분이 그려야 하는 것이다. 천천히 그려나가다 보면 시를 한층 더 사랑하게 될 것이다.

이제 시를 써보고 싶은데 펜을 쥔 손이 잘 움직여지지 않는다면, 예시로 실려 있는 시들을 패러디해보는 것도 좋은 방법이다. 예컨대, 첫째 날에 다루는 '동물 사로잡기'에서 「생각여우」라는 시의 '여우'를 다른 동물로 바꿔보는 것이다. 거북이라면 여우와는 다른 움직임을 가지고 있을 것이고, 단순히 단어만 바뀌는 것이 아니라 시의 구석구석이 뒤바뀔 것이다. 완성된 시를 패러디해서 내 시를 써보는 연습은, 시가 어떻게 시작해서 어떻게 끝나는지에 대한 감각을 익힐 수 있도록 돕는다.

시를 쓰는 일은 혼자 하는 일이 아니다. 글은 읽어줄 사람이 있어야 비로소 가치가 있기 때문이다. 또한 다른 사람이 쓴 시를 잘 읽을 줄 알아야 한다. 글을 쓸 때 가장 많이 하게 되는 일은 펜을 움직이는 일이 아니다. 우리는 쓰고 있는 글을 계속해서 스스로 읽어보면서 글을 쓴다. 다른 사람의 글을 읽듯이, 자기가 쓴 글을 읽어나가면서 글을 쓴다. 어디가 이상한지, 좋은지, 내 글을 읽을 사람의 표정을 상상하면서 글을 쓴다. 그렇기에 이 책을 혼자 독점하기보다는 타인과 함께 읽고, 쓰기 위한 연결 고리로 활용하기 바란다.

시를 쓰기 전에, 시를 쓰다가, 가만히 이 책의 차례를 되뇌어보는 것도 도움이 될 것이다. 동물 사로잡기, 바람과 날씨, 사람들에 관해 쓰기, 생각하는 법 배우기, 풍경에 대한 글쓰기, 가족 만나기, 달에 사는 생물… 이렇게 중얼거리다 보면 지금 내 시에 무엇이 빠져 있는지 깨닫게 된다. 동물에 대한 시에도 바람과 날씨가 존재하며, 사람이 있고, 생각이 있고, 풍경이 있으며, 모든 동물은 달에 사는 생물이기 때문이다. 아무쪼록 이 책이 많은 사람들에게 선물이 되길 바란다.

차례

동물 사로잡기

작품 목록

내 것이 아닌 삶을 사로잡는 일

짐승, 새, 물고기를 잡는 방법에는 여러 가지가 있죠. 저는 열다섯 살이 될 때까지 여러 방법으로 동물들을 포획하며 시간을 보냈습니다. 그리고 점점 이런 열정이 식어갈 즈음, 시를 쓰기 시작했습니다.

동물을 잡는 것과 시를 쓰는 것 사이에 공통점이 있다고 생각하는 것은 어려운 일일지도 모릅니다. 그러나 돌이켜 생각해볼수록 저는 제 관심사들이 실은 똑같은 것이었음을 확신하게 되었습니다. 유년 시절, 탈곡이 한창이던 때 저는 생쥐를 잡고 다녔습니다. 짚 무더기에서 볏단을 들어낼 때마다 생쥐들이 불쑥 나타났죠. 서른 마리, 마흔 마리가 코트 속에서 우글거릴 때까지 주머니 속에 생쥐를 집어넣던 일과 지금의 제가 시를 쓰는 일은 무대만 다를 뿐, 제게 있어서는 같은 열병처럼 여겨집니다. 어떻게 보면 저는 시를 동물로 생각하고 있는 것 같습니다. 시는 동물처럼 각자의 삶을 살아갑니다. 시는 누구하고도, 심지어는 그것을 써낸 시인과도 제법 분리된 채로 존재하죠. 또한 시를 불구로 만들거나 죽이려는 것이 아닌 이상, 다 쓰인 시에는 아무것도 덧붙일 수 없고 거기서 뭔가를 들어낼 수도 없어요. 시는 지혜 같은 것도 지니고 있죠. 녀석들은 어떤 특별한 것을 알고 있어요. 우리가 그렇게나 궁금해하고 배우고 싶어 하는 그 무언가를요. 어쩌면 제 관심사는 동물 잡기나 시 쓰기가 아니라 내 것이 아닌 각자의 삶을, 그들의 활력을 사로잡는 일이었는지도 모릅니다. 어쨌든 제가 동물에게 품었던 호기심은 제게 있어 첫 관심사였습니다. 제 기억은 세 살 무렵으로 거슬러 올라갑니다. 아주 또렷한 기억이에요. 가게에서 데려온 납으로 만든 수많은 동물 장난감이 납작한 난로망 위에 꼬리를 물고 늘어져 있거나 서로의 위에 올라타 빙 둘러서 있었습니다.

저는 모형을 만들거나 그림을 그리는 데 소질이 좀 있었어요. 그래서 고무찰흙을 갖게 되자 제 동물원은 끝없이 다양해졌답니다. 네 번째 생일에는 숙모 한 분이 두꺼운 초록색 동물 책을 사주셨는데, 덕분에 저는 반짝이는 그 사진들을 베껴 그리기 시작했습니다. 사진 속 동물들은 아주 멋져 보였어요.

하지만 제가 따라 그린 것들이 더 좋아 보였죠. 지금도 정말 선명하게 기억납니다. 제가 그린 것들을 늘어뜨려놓고 앉아서 바라볼 때의 그 짜릿함이란, 제가 지금 제 시에서 느끼는 것과 흡사한 감정이었어요.

제 동물원은 집 안에 있는 것이 전부가 아니었습니다. 당시 우리는 웨스트요크셔에 있는 페나인산맥 어느 골짜기에 살고 있었어요. 저는 동물에 있어서는 누구보다 열성적이었고, 저보다 훨씬 나이가 많은 형도 마찬가지였습니다. 형의 유일한 관심거리는 사냥총을 들고 산기슭을 기어 다니는 것이었죠. 형이 저를 사냥개 대신 데리고 다녔기 때문에, 저는 온갖 곳으로 이리 뛰고 저리 뛰며 형이 잡은 부엉이, 토끼, 족제비, 쥐나 마도요새를 주우러 다녔습니다. 그 시절의 저는 긴 손잡이가 달린 철망 그물채를 들고 매일 수로에서 낚시를 했어요.

이 모든 것은 시작에 불과했습니다. 제가 여덟 살이 되자 우리는 사우스요크셔에 있는 어떤 공업도시로 이사를 했어요. 그곳이 마음에 들지 않았던 우리 고양이는 계단을 올라 제 침실로 들어와서는 몇 주 동안 맥없이 어슬렁거렸고, 형은 집을 떠나 사냥터 관리인이 되었습니다. 그러나 우리 가족의 이사는 여러 면에서 제게 일어난 가장 좋은 사건이 되었습니다. 얼마 지나지 않아 저는 제 모든 욕구를 충족시켜줄 시골 농장, 숲과 호수가 있는 개인 영지를 발견하게 됐거든요.

제 친구들은 광부나 철도회사 직원의 아이들로, 말하자면 소도시 출신이었고 그들과 함께하는 것 역시 제 삶의 한 부분이었지만 저는 대부분의 시간을 도시에서 떨어진 곳에서 또 하나의 삶을 꾸려나가는 데 썼습니다. 한두 번의 어그러짐을 제외한다면 저는 이 두 개의 삶을 절대로 뒤섞지 않았어요. 아직도 당시의 일기장을 가지고 있는데, 거기엔 제 사냥 이야기 말고는 아무것도 적혀 있지 않습니다.

앞서 말했던 것처럼 마침내 열다섯 살이 되자 인생이 한층 복잡해졌고, 동물을 대하는 제 태도도 변했습니다. 저는 동물들의 삶을 고통스럽게 한 저 자신을 꾸짖었어요. 저는 동물들을 그들의 관점에서 바라보기 시작했습니다.

그리고 바로 그 시기부터 시를 쓰기 시작했습니다. 동물에 대한 시는 아니었어요. 동물 시라고 불릴만한 것을 쓴 것은 그보다 몇 년 후였고, 시 쓰기가 일정 부분 유년 시절에 좇았던 것들의 연장일지도 모른다고 생각한 것은 더 나중이었습니다. 이제 저는 의심하지 않습니다. 마음속에서 새로운 시가 시작될 때의 특이한 흥분, 가벼운 최면에 걸린 느낌, 나도 모르게 솟아나는 강력한 집중력, 그리고 윤곽, 크기, 색깔, 꼭 맞는 결정적인 형식, 평범하고 생기 없는 것들 가운데서 생생히 살아 있는 특별한 실체, 이 모든 것들이야말로 제가 너무나도 잘 아는 것들, 절대로 다른 무엇과 헷갈릴 리 없는 것들입니다. 이것이 사냥이고, 시입니다. 새로운 종류의 생명체, 여러분과는 다른 삶을 사는 것들입니다.

단어 속에 사는 작은 괴물들

저는 지금 시를 쓰는 일에 있어 제 출발점과 성장 과정이라고 여기는 것들을 아주 간략하게 풀어보았습니다. 모든 것을 아주 단순하게 다루긴 했지만 어쨌든 이게 제 이야기의 전부입니다. 어떤 얘기들은 여러분을 좀 혼란스럽게 만들지도 모릅니다. 예컨대, 빗속을 걷는 일에 대한 시를 어떻게 동물처럼 여길 수 있을까요? 글쎄, 아마도 그건 기린이나 에뮤 혹은 문어, 동물원에서 만날 수 있는 어떤 것들과도 비슷해 보이지 않겠죠. 단일한 정신에 의해 움직이는, 살아 있는 조각들의 모임이라고 부르는 편이 나을 것입니다. 이 살아 있는 조각들이 바로 단어이고 이미지이며 리듬입니다. 여기서 정신은 조각들이 모두 함께 작동할 때 그들 속으로 깃드는 생명력입니다. 정신과 조각들 중에 무엇이 우선인지를 정하는 것은 불가능하겠죠. 그러나 조각들이 죽으면, 우리가 작품들을 읽을 때 단어나 이미지 혹은 리듬이 생명을 향해 솟구치지 않으면 녀석들의 몸은 불구일 것이며, 정신은 병들어 있을 겁니다. 따라서 여러분은 시에서 우리가 다루는 모든 부분, 단어와 리듬과 이미지 들이 살아 있다는 사실을 반드시 명심해야 합니다. 다들 이 부분부터 어렵다고 느끼는데, 생각보다 아주 단순합니다. 살아 있는 단어란 '딸깍'이나 '킥킥'처럼 우리가 들을 수 있는 것들, '주근깨'나 '나뭇결'처럼 볼 수 있고 '식초'나 '설탕'처럼 맛볼 수 있으며 '가시'나 '기름'처럼 만질 수 있고 '타르'나 '양파'처럼 냄새 맡을 수 있는 것들, 오감으로 직접 느낄 수 있는 단어들이죠. '가볍게 튕기기', '균형 잡기'처럼 움직임에 대한 단어나 근육 사용을 묘사한 낱말들도 있겠군요.

그러나 이렇게 쉬운 단어나 규칙 들이 즉시 우리를 더 어렵게 만들 겁니다. '딸깍'은 우리한테 소리만 전달하는 것이 아니라 날카로운 동작에 대한 개념도 전달하니까요. 마치 여러분의 혀가 '딸깍'을 발음할 때처럼 말이죠. 게다가 가볍고 따닥 소리가 나는 작은 나뭇가지처럼 가벼우면서도 구부러지기 쉬운, 어떤 느낌도 전달합니다. 무거운 것이나 부드러운 것은 딸깍거리지 않죠. 마찬가지로 타르는 냄새만 독한 것이 아닙니다. 특유의 두툼한 모습에 답답할 정도로 눅눅한 데다가 만지면 끈적끈적한 느낌도 주죠. 움직임은 또 어떤가 하면, 부드러울 때는 검은 뱀처럼 가볍게 움직이며 아름답고도 검은 광택을 지니고 있어요. 수많은 단어가 이렇습니다. 동시에 여러 개의 감각 속에 존재하고 있어요. 이놈들은 각각이 눈과 혀와 귀를, 때로는 손가락을 움직일 수 있는 육체를 갖고 있는 것 같아요. 이 녀석들, 단어 속에 사는 이 작은 괴물들 때문에 단어는 생명력을 갖거나 시적일 수 있어요. 시인이 지배해야 하는 것도 바로 이 작은 괴물들인 것입니다.

뭐, 여러분은 그게 어떻게 가능하냐고 하겠죠. 어떻게 이 모든 것을 지배할 수 있을까요. 말들이 쏟아져 나올 때, '깃털'이라는 단어가 주는 여러 가지 느낌 중 하나가 몇 마디 뒤에 등장하는 '설탕 시럽'이 전달하는 느낌 중 하나를 방해하지 않을 거라고 어떻게 확신할 수 있겠습니까. 못마땅한 시에서는 정확히 이런 일이, 단어들이 서로를 죽이는 일이 일어납니다. 다행스럽게도 여러분은 딱 한 가지 일만 하면 됩니다. 그러면 저런 일들은 걱정하지 않아도 되죠.

그건 바로 여러분이 쓰고자 하는 것을 상상해보는 일입니다. 그것을 바라보고 그것과 살아보십시오. 암산하는 것처럼 너무 고심해서 떠올리지는 마세요. 그냥 바라보고, 만지고, 냄새 맡거나 귀 기울이며, 여러분이 직접 되어보세요. 여러분이 이렇게만 하면, 단어들은 마치 마법처럼 스스로를 돌볼 것입니다. 만약 이 일을 해내기만 하면, 여러분은 쉼표나 마침표 같은 것들 때문에 더는 고심하지 않아도 된답니다. 단어들을 들여다볼 필요도 없어요. 여러분의 눈, 여러분의 귀, 여러분의 코, 여러분의 미각, 여러분의 촉각, 여러분의 모든 것이 몰입하고 있는 대상을 향하도록 하세요. 주춤하는 순간 여러분의 마음은 대상과 분리되고, 단어들을 바라보며 걱정에 빠지는 순간 여러분의 불안은 단어들 속으로 스며들고 단어들은 서로를 죽이기 시작할 것입니다. 따라서 여러분은 여러분이 할 수 있는 만큼 오랫동안 이 일을 계속해야 하며, 그런 다음에야 자신이 쓴 것들을 되짚어보아야 합니다. 약간의 연습을 거치고, 다른 사람들이 그것에 대해 어떻게 썼든 상관하지 않겠다고 자기 자신에게 몇 번 다짐한 후에야, 이 방식은 여러분만의 것이 될 겁니다. 또한 여러분의 머릿속에 떠오른 단어가 딱 맞아 보인다면, 그게 어떤 촌스러운 단어라도 써 내려가는 동안 개의치 않을 것이라 확신할 때 여러분은 스스로 경탄하게 될 것입니다. 자신이 쓴 것을 쭉 읽어보면서 여러분은 충격을 받을 거예요. 거기 하나의 영혼이, 하나의 피조물이 사로잡혀 있을 테니까요.

여우이면서 여우가 아닌 것

이제 저는 여러분에게 몇 가지 예시로서 제가 아주 최근에 획득한 표본 하나를 선보이려 합니다.

제가 한 번도 생포하지 못했던 동물로 여우가 있습니다. 저는 늘 실패하고 말았는데요, 어떤 농부 아저씨가 두 번씩이나 잡아놓은 새끼 여우를 제가 가지러 가기 전에 죽여버렸고, 한번은 양계사 한 분이 자기 개 앞에서 제가 잡은 새끼 여우를 풀어줬기 때문이었죠. 그 사건이 있고서 몇 년 뒤 눈 내리는 늦은 밤, 저는 런던의 적막한 셋방에 앉아 있었습니다.

당시 저는 1년 동안이나 아무것도 쓰지 못했는데, 그날 밤 쓸
수 있을 것만 같은 착상 하나를 얻었고, 바로 몇 분 만에 다음
과 같은 시를 쓰게 되었습니다. 제 첫 '동물' 시 「생각여우The
Thought-Fox」였죠.

나는 상상한다, 이 순간 깊은 밤의 숲:
무엇인가가 살아 있다
시계의 고독 옆에
손가락이 움직이고 있는 텅 빈 페이지 옆에,

창 밖에 별이 없는 것을 봄:
어둠 깊숙한 곳에서 무엇인가가
조금씩 더 가까이
고독 속으로 들어오고 있음:

차갑게, 어둠 속의 눈발처럼 우아하게,
여우의 코가 닿는다, 잔가지에, 잎사귀에;
두 개의 눈이 한 동작에 바쳐진다, 지금
지금, 지금, 지금

나무 사이 눈 속에 아기자기한

무늬를 남기며, 그루터기 옆

움푹 들어간 곳에서 머뭇거리는

신중한 절름발이 그림자

대담하게 숲 속 빈터를 가로질러 온,

그의 육체, 녀석의 눈동자,

넓어지고 깊어지는 푸르스름함,

골똘히, 훌륭하게,

자신의 볼일을 완수한다

마침내, 뜨거운 여우의 악취가 느닷없이

머리의 어두운 구멍 속으로 들어오고.

창에는 여전히 별이 없다; 시계가 째깍인다,

백지는 채워졌다.

이 시에는 여러분이 쉽사리 의미라고 부를만한 것이 없습니다. 이 시는 아주 확실하게 여우에 관한 시이지만, 이 여우는 여우이면서 동시에 여우가 아니기도 합니다. 대체 어떤 여우가 제 머릿속으로 걸어 들어올 수 있겠어요. 아마 녀석이 아직도 앉아 있을 바로 거기로요… 개들이 자길 보고 짖을 때도 미소 지으면서요. 이건 여우이면서 영혼이기도 합니다. 이게 바로 진짜 여우죠. 시를 읽을 때 저는 녀석이 움직이는 걸 보고, 발자국 찍는 것을 보고, 여우의 그림자가 거친 눈의 표면 위로 나아가는 것을 봅니다. 단어들이 제게 이 모든 것을 보여주면서 녀석에게로 저를 더 가까이, 가까이 데려갑니다. 이건 저한테 아주 사실적입니다. 단어들이 여우에게 육체를 만들어주고, 걸어 다닐 장소도 제공하죠.

만약 제가 이 시를 쓰는 동안 더 살아 숨 쉬는 단어들을 찾아낼 수 있었다면, 그것들은 보다 생생한 여우의 움직임을, 길게 빠져나와 씰룩거리는 귀, 늘어진 혓바닥의 경미한 떨림을, 여우의 숨결이 만드는 작은 구름, 추위 속에 드러난 이빨과 교대로 발을 들어 올릴 때마다 떨어지는 눈 부스러기들을 제게 선사했을 것입니다. 만일 제가 이 모든 것들을 표현할 단어들을 찾아낼 수만 있었다면 녀석은 아마 지금, 이 시에서 보다 현실적으로, 살아 있는 것처럼 여겨졌을 거예요. 그럼에도 그건 여전히 그것으로서 거기에 존재해요. 제가 만약 진짜 여우를 말 속에 잡아넣지 못했다면 저는 절대로 이 시를 갈무리할 수 없었을 것입니다. 그랬다면 저는 다른 수많은, 아무것도 잡지 못했던 사냥에서 그렇게 했듯이, 휴지통에 이 시를 던져버렸을 겁니다. 지금도 매번 이 시를 읽을 때마다 여우는 다시 한번 어둠 속에서 나와 제 머릿속으로 걸어옵니다. 제가 죽고 난 뒤에도 이 시의 사본이 아주 오랫동안 존재한다면, 누구든 이 시를 읽을 때마다 여우가 어둠 속 어딘가에서 일어나 그들에게로 걸어갈 것만 같습니다.

그러니까, 뭐랄까, 제 여우는 여러 면에서 평범한 여우보다 더 좋은 여우인 거죠. 이 여우는 영원히 살아갈 것이고, 절대로 사냥개나 굶주림 때문에 고통받지 않을 겁니다. 저는 제가 어딜 가든 녀석을 데리고 다닐 수 있어요. 게다가 이건 제가 만든 거죠. 또, 모든 게 아주 선명한 상상을 통해 살아 있는 말들을 찾은 데서 비롯됐잖아요.

자, 다음 시는 제 사냥물들 중에서도 아주 소중한 겁니다. 저는 아주 유능한 창꼬치 낚시꾼이었어요. 저는 유년 시절 대부분을 꽤 작은 호수, 엄밀히 말하자면 큰 연못에서 낚시를 하면서 보냈습니다. 이 연못에는 굉장히 깊숙이 파인 곳이 있었는데, 때때로 무더운 날이면 뭐랄까, 철길 아래에 끼우는 큰 나무토막 같은 것이 수면 가까이에 누워 있는 것을 볼 수 있었어요. 그럼 거기 커다란 창꼬치가 있는 것이 분명했죠.

제 생각엔 아마 그 창꼬치들이 지금은 더 크게 자랐을 것 같네요. 최근 저는 창꼬치 낚시가 무척 하고 싶었는데 사정상 그럴 수가 없었어요. 그렇게 며칠 동안 저는 창꼬치 낚시의 그 짜릿한 즐거움을 떠올려보았고, 다음과 같은 시를 쓰기 시작했습니다. 이제 보게 되겠지만, 기억 속 장소를 아주 강렬하고도 조심스럽게 관찰하고, 심상과 감정으로부터 자연스럽게 솟아난 말들을 사용하면서, 저는 단순히 창꼬치만 잡은 것이 아니라 제가 한 번도 낚아본 적이 없는 그 괴물이 살고 있는 연못 전체를 사로잡았습니다. 「창꼬치Pike」라는 시입니다.

창꼬치, 길이가 삼 인치, 모든 부위가
빠짐없이 뾰족하다, 황금으로 얼룩진 녹색.
알에서부터 살인자: 악의에 찬 늙은이의 소리 없는 웃음.
수면 위로, 파리 떼 사이에서 그들이 춤춘다.

움직인다, 위엄으로 주위를 적막에 빠뜨리며,
에메랄드 빛 연못 바닥 위로, 정밀하고
소름 끼치는 잠수함의 실루엣을 드리우네.

길이가 백 피트인 저만의 세계 속을.

연못 속, 더위 먹은 수련의 잎사귀 아래—
움직이지 않는 놈들은 짙은 어둠:
지난해의 검은 잎사귀 사이를 항해하며, 하늘을 보거나,
호박색 잡초 동굴 속에 늘어져 있지.

녀석의 턱뼈는 갈고리 모양 집게, 갈고리 모양 송곳니
이날 이때껏 바뀐 것이 하나 없다;
자기 도구들에게 자기 삶을 내어준 거다;
아가미가 조용히 반죽한다, 가슴지느러미도 한다.

우거진 수초 속에 묻어뒀지, 유리병 세 개
그 속에 넣어뒀네, 새끼 물고기
삼 인치, 사 인치, 사 인치 반쯤 되는
미끼 물고기— 삽시간에
두 마리가 나타났다. 마지막 한 놈은

축 늘어진 뱃살과 타고난 미소를 띠고 있었지.

그놈들은 정말이지 누구에게나 무자비한 것들이야.
이 피트가 넘는, 각자 육 파운드는 되던 두 녀석,
분홍바늘꽃 사이에서 고상하고 냉담하게, 죽음처럼—

하나가 다른 놈의 목덜미를 제 아가미로 짓누른다:
튀어나온 눈알이 빤히 쳐다본다: 강철 자물쇠처럼—
짓눌리는 놈의 눈 속에도 강철이 있기는 해
죽음 속에서 쪼그라드는 얇은 막에 불과하지만.

내가 낚시했던 연못은 폭이 오십 야드쯤,
수도원에서 심은 백합들, 기르는 근육질 잉어들은
수도원의 비석들보다 더 오래된 것들—

멈춰 선 전설의 깊이: 그건 영국만큼 깊네.
휘저을 수 없을 만큼 한없이 많은, 거대하고,
늙은 창꼬치가 거기에 있어 땅거미 지고 나면
낚싯줄을 던질 엄두도 나지 않네

하지만 나는 조용히 줄을 던졌지

뭔가가 움직일지도 몰라, 그게 날 노려볼지도 몰라,

그래서 머리털이 쭈뼛 섰어.

어두운 연못 위에서 온 세상이 첨벙거리고,

부엉이가 입 다물게 하는 떠오른 나뭇조각들

밤의 어둠 아래에서 악마가 풀어놓는 꿈들보다

부서지기 쉬운 것들, 귓전에 닿는 것들,

그것들이 천천히 솟아나는 것이었다,

나를 똑바로 쳐다보면서.

'동물'이 주제이긴 하지만 보다 확실히 익혀야 하는 것은 설정한 테마에 집중하여 즉흥적으로 아이디어를 따라가는 방법이다. 대상을 정하고 나면 길이를 지정하고—예컨대 한 페이지 분량으로—제한 시간을 설정하는 것이 좋다. 이는 10분 남짓이 이상적인 최소치라고 생각한다. 이렇게 인위적으로 제한선을 조성하면 긴장감이 생기고, 각자의 소질을 깨치는 데 도움이 된다. 서두를 것을 강요하면 우리의 진부한 버릇들이 무너지게 되며, 모든 것을 재빨리 표현하면서 평소에는 잠재되어 있던 수많은 것이 저 스스로 쏟아져 나오게 된다. 장벽을 부수고, 죄수들을 탈옥시키자.

분량과 시간을 지정하는 방법의 또 다른 이점은 각각의 구절에 새로움을 선사할 수 있다는 것이다. 결과적으로 신선한 시도, 정확한 인식, 선택한 대상의 생생함을 전달할 수 있는 단어 선택들을 위해 문법이나 문장 구조를 다소 희생시키면서 자유로운 방식의 시 쓰기를 하게 된다.

이때 글을 쓰기 시작하기 전 어느 정도 주제에 대해 생각할 수 있는 시간을 가지면 도움이 된다.

　뒤에 하게 될 다른 연습들과 마찬가지로 주된 목적은 짧은 시간에 깊이 집중하고, 전력을 다하여 실력을 빛내는 습관을 키우는 것이다.

오소리Badger

존 클레어John Clare

　자정이 되자 한 무리의 개와 인간들이

　오소리의 흔적을 따라 녀석의 은신처로 향한다,

　자루를 오소리의 구멍 속에 집어넣고 누워서

　기다린다, 늙어 그르렁대는 오소리가 지나가기를.

　오소리가 온다, 오소리는 간파한다—사람이 풀어놓은 덫을.

　늙은 여우는 요란한 소리에 귀 기울이고, 거위는 몸을 낮

춘다.

　밀렵꾼은 총을 쏜다, 울음소리다, 서둘러라,

　반쯤 상한 늙은 토끼가 부들부들 떤다.

　사람들은 끝이 갈라진 막대기로 오소리를 내리누르고

개들에게 박수를 치고 마을로 데려가서,

수많은 개들과 함께 온종일 오소리를 성나게 하고,

웃고 소리 지르고 도망치는 돼지들을 겁먹게 한다.

오소리는 따라 달리며 마주치는 모든 것을 물어뜯는다:

사람들은 소리친다, 어이어이! 부추긴다, 시끄러운 거리를

따라간다.

오소리는 방향을 틀어 시끄러운 대소동과 직면하고

그 역적들을 저들의 문간으로 쫓아낸다.

인간들이 도망친 곳에서 수없이 많은 돌이 날아온다;

오소리가 싸울 때는 모두가 적이다.

어서 저 소동에 휩쓸리라고 개들은 박수를 받고;

오소리는 돌아서서 그 모두를 쫓아버린다.

덩치는 반도 못 되고, 새침하고, 작은데,

몇 시간이고 개들을 물어뜯고 싸우고 있다.

맹렬히 날뛰던 거대한 마스티프도 엎드려서

자기 발이나 핥다 도망가는 것이다.

불독은 상대를 알아보곤 그 자리에 얼어붙고,

오소리는 이를 드러내며 절대로 자신의 진영을 벗어나지

않는다.

그는 군중을 몰아붙이고 그들의 발꿈치를 쫓아

깊숙이 물어뜯고—주정뱅이들은 욕을 퍼부으며 비틀거린다.

놀란 여자들이 아이들을 데려가고,

불량배들은 소동 속에 웃음을 터뜨리며 소동에 끼어든다.

오소리는 숲에 이르려 애를 쓰고, 엉망으로 질주하고,

그러나 막대기와 몽둥이가 재빨리 도망자를 가로막는다.

오소리는 다시 몸을 틀어 시끄러운 군중에게 달려들고

난리통 속 수많은 개들을 휘젓고 다닌다.

오소리는 그들 모두에게 달려들고 부딪친다,

이제 사람들은 개를 전부 풀어 명령한다.

오소리가 죽은 듯이 쓰러진다, 아이들과 남자들에게 발길

질당한다,

그러면 다시 전진, 이를 드러내고 군중을 향해 달려들어야지:

발길질당하고 찢어지고 두들겨 맞아 쓰러져

진영을 빼앗기고, 비명을 지르고, 신음하다 죽을 때까지.

파리The Fly

미로슬라프 홀루프Miroslav Holub

그녀는 버드나무 둥치에 앉아

보고 있다

크레시 전쟁의 한 장면,

고함 소리,

헐떡임,

신음,

짓밟음과 짓밟힘을.

프랑스 기병대가

열네 번째 돌진하는 동안

그녀는 교미했다

바딘코트에서 온 갈색 눈의

수컷과.

그녀는 내장이 튀어나온 말 위에 앉아

다리들을 비벼대며

파리의 불멸에 대해 묵상했다.

안도감에 젖은 그녀는
클레르보 공작의
푸른 혓바닥 위에 내려앉았다.

침묵이 흐르고
오직 부패의 휘파람만이
부드럽게 시체를 에워쌀 때
또한 오직
몇 개의 팔과 다리가 나무 밑에서
아직 움찔거릴 때

그녀는 알을 낳기 시작했다
영국 병기공 요한 우르의
애꾸눈 위에.

다음은 이와 같다
그녀는 에스트레의 화염에서

도망치던

칼새에게 잡아먹혔다.

당나귀 The Donkey

바스코 포파 Vasco Popa

애는 가끔 아주 심하게 울고

먼지 속에서 목욕하지

때때로 그래

자 이제 이게 뭔지 알겠지

모르겠으면

당신한텐 그저 녀석의 귀만 보이겠지

무슨 행성의 머리통에 달려 있는

아무것도 의미하지 않는

매The Hawk

조지 매케이 브라운George Mackay Brown

일요일, 매가 몸을 활짝 펼치며 활강해요
　　　병아리들이 비명을 지르자
　　　작은 눈보라가 일어 아무것도 안 보이네요.
월요일, 매는 높은 곳에 있는 평원으로 갔는데
　　　자연 연구회가
　　　수백 개의 프리즘을 설치해뒀네요.
화요일, 매는 언덕에 내려앉았는데
　　　행복한 새끼 양들은 영문을 모르죠
　　　목청 큰 콜리가 왜 자기들을 막아서는지.
그리고 수요일에 매는 덤불로 내려와
　　　찌르레기를 결국
　　　놔줬어요, 작은 플루트 소리 때문이래요.
목요일, 매가 갑판의 밧줄걸이로 내려오자
　　　톰의 조그만 토끼는
　　　흔들흔들 깔끔한 원을 그리며 해변에서 언덕으로
　　　도망쳤어요.

금요일, 들판의 수로 위로 사냥을 왔는데

　　득실득실 짜증 난 쥐들의

　　눈초리, 이빨, 매는 모든 의욕을 잃어버리고.

토요일, 매가 몸을 활짝 펼치며 활강하고요

　　조크는 총구를 낮춰

　　작은 날개를 옥수수밭 너머로 처박았어요.

물고기 The Fish

엘리자베스 비숍 Elizabeth Bishop

나는 굉장한 물고기를 잡아서

그놈을 뱃전에 매달았다

반쯤 물 밖에 내놓고, 내 갈고리를

주둥이에 단단히 고정시켰지.

놈은 반항하지 않았어.

어쩔 도리가 없었지.

물고기는 치렁치렁 저울추마냥 매달려,

초라하고 숭고하고

아늑해 보여. 군데군데

녀석의 갈색 피부가 갈고리에 벗겨져서

마치 아주 오래된 벽지 같아,

녀석의 어두운 갈색 무늬는 마치

벽지 같았어:

활짝 핀 장미처럼 생겼어

얼룩졌어, 세월 속에서 낡아버렸지.

따개비로 얼룩져 있지,

석회암의 멋진 장미꽃 문양,

작고 하얀 기생충들로

들끓고 있지,

아래쪽엔 두세 더미

해진 초록 해초들이 매달려 있어.

공기밖에 없는 곳에서

아가미가 꿈틀거리는 동안

—소름 끼치는 피투성이 아가미는

뽀드득뽀드득, 팔팔해서

잘 썰어질 것 같지도 않아—

나는 생각하고 있었어

깃털로 가득 채워진

거칠고 흰 살덩이,

크고 작은 뼈,

극적으로 빛나는 붉은, 검은

물고기의 내장,

커다란 작약 같은

핑크색 부레.

나는 물고기의 눈을 들여다봤고

그건 내 것보다 훨씬 더 커다랬지만

얄팍했고, 낡아 있었다,

물고기 홍채에는 은박지가

들어차 있어, 은박지가

받치고 있어

잔뜩 긁힌, 투명하고 오래된

암석 렌즈로 낡은

은박지를 보는 것 같아.

눈들은 약간 움직였는데, 그치만

내 눈과 마주치려는 것은 아니었어.

—그건 뭐랄까, 빛을 향해 사물을

기울이고 있는 것 같았어.

놈의 뚱한 얼굴, 턱의 메커니즘에

나는 흠뻑 매료되었고,

다음 순간 나는 엄숙하고 축축한, 무기 같은,

녀석의 아랫입술을 보았지

―뭐, 그걸 입술이라고 부를 수 있다면―

낡은 낚싯줄 가닥이 네다섯 개,

아직 쇠고리가 남아 있는

와이어 그물,

다섯 개의 커다랗고 억센 바늘이

입 속에서 더 튼튼해지는 것을.

물고기가 물어뜯은 푸른 줄은 끝이 해졌고,

보다 굵은 두 가닥과,

얇고 검은 실은 아직도 오그라들어 있다

놈이 줄을 끊고 도망가려 할 때

팽팽하게 당겨지다 끊어졌기 때문이지.

리본이 달린 메달처럼

낡은, 달랑거리는

지혜로운 수염 다섯 가락이

고통스러운 턱 위에서 나부끼고 있다.

나는 쳐다보고 또 쳐다봤어

승리의 도취감이 빌린 낚싯배를

가득 채울 때까지,

배 밑바닥에 고인 기름에

펼쳐진 무지개가

녹슨 엔진을 둘러싸고,

오렌지색으로 녹슨 물바가지,

햇빛에 갈라진 널빤지,

밧줄에 걸린 노걸이,

황줄베도라치―이 모든 것이

무지개였다, 무지개, 무지개!

나는 물고기를 놓아주었다.

별이 빛나는 달팽이 Starry Snail

바스코 포파 Vasco Popa

비가 그치고 네가 기어 나온다

깜빡깜빡 별 비가 내리고

별들은 네 안에서 뼈를 꺼내어
작은 집을 지어줬다
그 반짝이는 수건 위에서
어디로 집을 옮기려는 거니

시간은 절뚝거리며 너를 따른다
너를 잡아 짓밟으려고
너의 뿔 껍질을 떼어내려고

너는 네가 결코 볼 수 없는 얼굴
수많은 표정 위로 미끄러진다
추접스러운 턱을 향해 곧바로 나아가면서

내 꿈의 손바닥에 그어진
생명선 쪽으로 방향을 틀어
너무 늦기 전에

그러곤 내게 물려주렴

너의 그 기적 같은 은빛 수건을

경이 The Marvel

키스 더글러스 Keith Douglas

바다의 남작, 거대한 회귀선

황새치가 목마른 갑판 위에 늘어서 있도다

이곳에서 선원들이 그를 죽였네, 눈부신 태평양에서,

날카롭게 심문하는 칼날에게 굴복했구나

이 침침한 곳에서 왕으로 군림했던 자

그를 인도하고 먹이를 물색하던 눈동자여.

우리들의 배는 어스름 속을 전진했으나;

이 튼튼한 여행자의 시신에서

성능 좋은 돋보기를 얻어

유난스러운 태양의 열기를 반사했다.
선원들은 뜨거운 나무 갑판에 썼다
마지막 선착지에서 만났던 매춘부의 이름.

그것은 이 특별한 파도들이 간직해왔던 것들 중에서도
가장 기이한 장치 중 하나였으니, 내 생각엔
나지막한 목소리로 불평하는 데 쓰였던 것 같다

탐욕스러운 조류에 집어삼켜져
썩어, 유령이 된 선원들은 수많은 이야기를
들려주리니. 그들이 네 주인이 되게 하라

가장 높은 돛대마저 물고기들에 뒤덮여—
기억 속에서 사라진 그들의 난파선으로 그대를
안내하게 하라, 불타는 눈동자에 모든 것이 드러나도록.

단어를 새기도록, 태양이 바다의 힘을 통하여
기록을 마치도록, 그녀의 이름과
업적에 대해.

둘째 날.

바람과 날씨

작품 목록

우리 모두가 겪는 시적인 경험

기분이 얼마나 날씨에 좌우되는지 아시나요? 모든 생명체는 자연의 바로미터입니다. 날씨의 변화에 따라 우리도 변하죠. 어부들은 날씨에 따라 물고기들의 행동이 시시각각 달라진다는 걸 압니다. 노련한 어부라면 특정 날씨에 어떤 물고기가 어떻게 행동할지도 알고 있죠. 여러분 중에도 뇌우가 퍼붓기 전 뱀장어의 움직임과 식욕이 극도로 활발해진다거나, 날벌레들이 끈질기게 우리를 물려고 날아든다는 것을 아는 분이 있을 것입니다. 이런 식으로 반응이 달라지는 이유는 공기압과 대기 전기의 변화가 우리 몸의 화학 작용에 직접적인 영향을 미치기 때문입니다. 신체의 화학적 변화는 감정의 변화로 이어집니다. 우리 의식을 라디오의 스피커로, 우리 몸을 라디오 내부의 기계 장치라고 상상해보면 날씨는 이를 조작하는 버튼이 되겠죠.

시 얘기를 하는데 왜 이렇게 날씨 얘기를 길게 늘어놓느냐고요? 보십시오. 시는 생각이나 우연한 상상의 산물이 아닙니다. 우리의 육체와 영혼을 순간적으로 또는 영원히 변화시키는 경험에서 나오는 것입니다. 우리를 변화시키는 일은 아주 많겠지요. 그 경험에 제한을 두고 싶지는 않군요. 단어에는 영향력이라는 게 있습니다. 사과를 보면 입에 침이 고인다거나 빈집에서 갑자기 무서워져 소름이 돋는다거나 하는 것처럼, 글자를 보는 것으로도 그렇게 될 수 있다는 겁니다. 정밀한 기구가 있다면 땀이 나거나 맥박이 달라지는 것을 측정할 수도 있을 거예요.

훌륭한 시인들의 작품은 그들이 과거의 어느 시점에서 겪었던, 혹은 그들 고유의 성격 때문에 반복해서 일어나는, 인상적이거나 개인적인 경험에서 나온 것입니다. 이 경험이 더 넓을수록, 그러니까 평범한 일상에서 나온 것일수록 시인은 실로 위대해집니다. 물론 아주 한정적이고 독특한 경험으로 시를 쓴 훌륭한 시인들도 있지요. 워즈워스의 가장 훌륭한 시는 소년 시절 컴벌랜드산에서 일어난 두세 가지 비슷한 일에 뿌리를 두고 있는 것으로 보입니다.

다행히도, 앞서 말했듯이 시를 쓰기 위해 워즈워스처럼 특별한 경험을 할 필요는 없습니다. 우리 모두가 겪는 시적인 경험이 한 가지 있죠. 좋든 싫든 시시각각 변하는 날씨 말입니다. 모든 사람이 인생에서 한 번쯤은 시 비슷한 것을 써본 적이 있을 거예요. 대단한 시라고 부를 수는 없어도 써놓고 보니 멋져 보이던 문장 같은 것 말이에요.

바람

날씨의 두드러지는 특징 중 하나는 바람입니다. 바람이 불고, 불어오고, 불어 가고, 바람이 멎고⋯ 바람의 모든 움직임이 시의 훌륭한 소재가 됩니다. 바람에 관해 쓸 때 거의 모든 시인은 시적인 순간을 만나게 되죠. 시인들이 바람 부는 것에, 그리고 바람이 그친 것에 끌리는 이유는 좀 불가사의합니다. 어쩌면 그냥 바람이 어떤 시적 감흥을 일으키는지도 모르죠. 구약의 예언자들은 세찬 바람에 실려 온 환상을 보거나 이상하게도 바람 한 점 없는 곳에서 환청을 들었습니다. 강한 바람은 우리의 마음을 휘저어놓습니다. 마치 실제로 우리 머릿속에 들어올 수 있기라도 한 것처럼요. 때로 바람 속에서 혼란스러운 감정이 일어 뭔가 끔찍한 일이 벌어질 것 같은 예감이 들기도 합니다. 마치 지진의 전조처럼요.

페나인산맥의 언덕 꼭대기에 집이 한 채 있는데, 가끔 거기서 머뭅니다. 장애물 없이 황야를 가로지르는 바람이 바로 불어오는 곳입니다. 그 집에서 몇 차례 매서운 바람을 경험했지요. 그때에 대해 쓴 시가 하나 있습니다. 그곳의 들판은 물결치듯 특히 푸르게 빛나고, 고래 위에 던져진 그물처럼 산비탈에 둘러쳐진 돌담은 칠흑색입니다. 시의 제목은 단순하게 「바람Wind」입니다.

이 집은 밤새도록 바다에서 멀리 떨어져 있다,
숲은 어둠 속에서 시끄럽게 부대끼고, 언덕은 울지,
바람이 몰려오네, 어둠이 걸터앉아 빛 한 줄기 들지 않는
축축한, 어쩔 줄을 모르는 창가의 들판으로

날이 밝을 때까지. 날이 밝으면, 오렌지 빛 하늘 아래 다시
태어난 언덕에서, 바람은 휘두른다
날카로운 빛, 검은 빛, 광기에 사로잡힌 눈동자가
뿜어내는 에메랄드 빛.

정오에 나는 집 주변의 길을 따라

석탄 창고 앞까지 올라가 보았지. 용기를 내서 한번 올려

다봤어:

내 눈을 찌그러트리는 바람 너머로

북처럼 두들겨 맞으며 지탱줄이 팽팽해진 언덕 위 텐트들

을,

떨고 있는 들판, 찡그린 지평선,

곧 다시 쾅 하고 부딪히면 퍼덕퍼덕 사라지고 말:

바람은 까치를 날려 보내고, 쇠막대기 다루듯 천천히

흑등 갈매기를 구부러뜨리네. 집은

울었다, 곧 산산이 부서질듯한 예감 속의 초록색

우아한 포도주 잔처럼. 이제 의자 깊숙이 앉아,

커다란 불 앞에서 우리들은 우리들의 가슴을

꽉 붙잡았어, 우리는 책에도, 생각에도 사로잡힐 수 없다네

그 어떤 것에도. 우리는 맹렬한 화염 앞에서

집이 뿌리째 흔들리는 것을 느끼며, 그냥 우두커니 앉아,

여기 들어오려고 창문이 들썩이는 것을 보고 있어,

듣고 있어, 보이지 않는 곳에서 돌들이 울부짖는 소리.

이 시를 쓸 때 나는 강풍을 걱정하고 있었어요. 바람이 세상을 마치 장난감 상자처럼 흔들어놓는 것 같았죠.

다음은 미국 시인 시어도어 로스케Theodore Roethke의 시입니다. 로스케는 점점 거세어지는 폭풍에 대해 씁니다. 그가 공포와 두려움을 표현하는 방식에 주목해보십시오. 무섭다는 말을 직접 쓰지 않고 흡사 영화를 찍고자 메모를 해두는 것처럼 자신이 관찰한 작은 디테일들을 하나하나 묘사합니다. 영화에서 갑자기 바람에 날리는 종이가 클로즈업되더니 문이 끼익거리고 나무가 세차게 흔들린다고 생각해보세요. 아주 불길하죠.

이 시의 제목은 「폭풍The Storm」, 이탈리아의 한 해변 마을에서 일어난 일입니다.

돌 방파제가 마주하는 것은,

기분 나쁜 철썩거림뿐,

바람은 머리 위에서 흐느끼며,

산에서 내려오고 있네,

구불구불한 테라스와 정원 사이로 휘파람을 불며;

가느다란 전깃줄은 칭얼대고, 잎사귀는 덜그덕덜그덕 펄
럭이고,

작은 가로등 램프들은 흔들흔들 기둥을 향해

온몸을 기울이지.

사람들은 다 어디로 간 거야?

저기 산에 불빛이 하나 있네.

파도는 제방을 따라 끊임없이 철퍽철퍽

부풀고 있지, 아직 높지는 않아, 아직은 그래,

가까이 다가오고 있어, 서로가 서로에게 아주 가까이;

비는 고운 물보라를 내뿜으며 바다에서부터 몰려와,

산탄총 탄피처럼 흩뿌려져선 모래밭을 벌집으로 만든다,

바다에서 온 바람과 산에서 온 바람이 서로 다투고,

흰 파도는 어둠 속으로 솟구치며 거품을 털고 있다.

집에 갈 시간이군!

골목을 빠져나오며 잔뜩 부풀어 오른 어린애들의 꼬질꼬
질한 속치마;

고양이도 바람 속에서 뛰쳐나오네, 꼭 우리처럼,

하얗게 질린 나무들 사이로, 산타 루치아 쪽으로.

무거운 문이 잠겨 있지 않아서

우리는 가쁜 숨을 고를 수 있었지.

이어서 천둥이 치고, 검은 빗줄기가 우리를 향해,

지붕이 평평한 집들 위로, 돌풍 속으로

벽을, 널빤지 덮인 창문을 두들기며 쏟아져

실내의 마지막 구경꾼 하나를 쫓아내고, 카드 치는 사람들은

자기네 카드 쪽으로, 거품이 이는 저희들 포도주 쪽으로

당겨 앉게 하네.

우리들은 살금살금 우리네 침대 쪽으로, 짚으로 된 매트리

스로 가서

기다리지, 듣지.

폭풍이 잠잠해지는 것을, 그랬다가도 더 강력해지는 것을,

나무들을 반쯤 접어 땅에 닿게 하고,

채 따지 않은 쭈글쭈글한 과수원 오렌지들을 흔들어 떨구

는 것을,

유연한 카네이션을 구겨뜨리는 것을.

거미 한 마리가 조심조심 요동치는 전구 위에서 내려오네,

침대보 위를 달려, 프레임 밑까지 내려온다.

둥근 전구는 희미하게 켜졌다가, 꺼졌다가 하고.

물은 수조 속에서 으르렁대지.

우리는 모래주머니 베개 위에 더 가까이 누워,

무거운 숨을 내쉬지, 기대하면서—

이번에 파도가 마지막으로 방파제를 넘기를,

넘실거리는 바닷가에 울타리가 서기를,

튀어나온 바다의 벽이 흔들리며 붕괴하고

태풍이 죽은 짚들을 소나무 숲 속으로 몰아내기를.

단순한 글이죠. 특이하거나 유별난 점은 없습니다. 비슷한 유의 글을 쓰려는 사람이라면 새겨읽을 만한 시입니다.

바람이 불 때 최악의 순간은 아마도 천둥 번개의 전조가 나타날 때일 거예요. 위대한 미국 시인 에밀리 디킨슨Emily Dickinson은 다양한 날씨에 관한 훌륭한 시를 많이 썼습니다. 그중 최고를 소개합니다. 제가 아는 한 어떤 시인도 스산하고도 우울한 폭풍의 불길한 전조를 이처럼 생생하게 포착하지는 못할 것입니다. 바람과 낯선 빛이 만나 악몽이 된듯한 풍경… 디킨슨의 눈앞에 펼쳐진 장면처럼 한 행 한 행이 특별합니다.

제목이 없는 시입니다.

바람은 나팔처럼 불어왔다—

풀밭을 통과하며 가볍게 전율하며

그 녹색 냉기는 너무도 불길하게

열기 위를 지나갔다

우리는 창과 문에 빗장을 쳤다

에메랄드 빛 귀신 때문에 그러는 것처럼—

그 짧은 순간

파멸의 전기 독사가 지나갔다—

낯선 무리들의 위를, 헐떡이는 나무들

도망가는 울타리들

집들이 달아난 곳의 강물

그 살아 있는 놈들은 보았다, 그날

첨탑 안의 사나운 종

날아가는 소식들은 말했다

얼마나 많은 것이 가고 또 오는가,

그리고 아직도 세상에 깃들어 있는가!

비

바람 뒤에는 비가 오는 것이 당연하겠죠? 이번에도 에밀리 디킨슨입니다. 이번에는 폭풍이 아니라 폭우입니다. 전체 장면을 단계별로 보여주기 때문에 모든 구절이 새로운 사건이에요. 역시 무제입니다.

빗소린 줄 알았어, 있잖아 그게 휘어지더라고
그래서 그게 바람이라는 걸 알았지;
그건 파도처럼 젖은 채로 걸었고
모래처럼 마른 채로 휘몰아쳤어.
녀석이 스스로를 어떤 외딴 평지까지
몰고 갔을 때에야
주인공이 등장하는 소리가 들렸던 거야—
그건 정말 비였어!
우물들을 채우고, 웅덩이들을 기쁘게 했지,
길 위에서 재잘거렸어,
언덕의 수도꼭지를 뽑아버리고
큰물이 사방으로 퍼지게 했지;

밭을 흐트러뜨렸어. 바다를 들어 올렸어,

중심부를 휘저었지,

그런 다음 엘리야처럼

구름의 수레바퀴를 타고 가버렸어.

시어도어 로스케의 시와 달리 에밀리 디킨슨의 시는 은유
로 가득하지만 피상적이지도, 모호하게 시적이지도, 암시적
이기만 한 것도 아닙니다. '그건 파도처럼 젖은 채로 걸었고/
모래처럼 마른 채로 휘몰아쳤어.'라는 구절에서 보이듯 디킨
슨의 은유들은 일상어보다 의미를 더 명확히 해줍니다. 폭풍
우에 대한 마지막 행 '그런 다음 엘리야처럼/구름의 수레바
퀴를 타고 가버렸어.'라는 구절도 그렇지요. 디킨슨은 폭풍우
뒤에 찾아오는 천국 같은 광채를 전합니다. 깨진 하늘과 새로
운 빛이 만들어내는 틈, 비를 불러온 뒤 물러나는 강렬한 색
채의 구름, 무지개, 이 모든 사건이 지난 뒤 찾아온 광활하고
반짝이는 장관. 이 복잡하고 거대한 전경을 단 하나의 놀라운
이미지로 나타냅니다.

이번엔 다른 종류의 비가 내립니다. 축축하고 오락가락하
는 지겨운 비죠. 영국의 명물입니다. 에드워드 토머스Edward

Thomas가 비를 묘사하는 방식은 에밀리 디킨슨보다는 시어도어 로스케와 비슷합니다. 일상어를 사용하고, 한 장면을 클로즈업해 세부적으로 묘사합니다. 시를 읽어 내려감에 따라 장면이 점차적으로 맞춰지고, 우리도 분위기에 스며들기 시작하죠. 머뭇거리며 내리는 비처럼 행갈이 역시 주저하며 이뤄집니다. 전체 분위기는 조용하고 조심스럽습니다. 끝없이 그쳤다 다시 내리기를 반복하는 비를 바라보며 움직일 마음도 필요도 없이 보송한 쉼터에서 비를 피하는 여행자의 기분을 상상해보십시오.

토머스의 시 「비 온 뒤After Rain」입니다.

밤의 비 그리고 낮의 비 그리고 밤의 비가

그친다, 창백하고 숨 막히는

새벽빛에. 막 떠오르기 시작한 태양은 본다

무슨 일이 있었는가.

나무들 아랫길에는 새로운 자줏빛

국경이 생겼구나

경계의 안쪽에는 밝고 옅은 잔디밭:

11월이 남긴 잎사귀가 전부

떨어져버렸네, 개암나무와 가시나무 그리고
더 커다란 나무들로부터. 이곳의 나무들은
죽은 잎사귀는 떨어뜨리지 않았다
회색 풀밭, 녹색 이끼, 번트오렌지 고사리 위에서,
바람은 다시 불어;
물푸레나무가 벗어버린 어린잎들
길 위에 드문드문 깔아놓았다
놀다가 거기 새겨지기라도 한듯한
작고 까만 물고기처럼.
무수히 많은 나뭇가지에 아직 힘겹게
헐벗은 채 매달려 있는 것은
돌능금 나무 한 그루의 사랑스러운 열두 알
노란 사과들.
그리고 각각의 잔가지들이 골짜기 속으로 다시
떨어뜨리는, 셀 수 없는 크리스털
어둡고 밝은 빗방울.

안개

 지금까지 언급한 시는 모두 날씨의 특정 순간을 다루었습니다. 피터 레드그로브Peter Redgrove의 안개에 관한 시를 소개합니다. 색다른 관점을 취하고 있죠. 그는 안개가 살아 있는 것처럼, 형태를 이루고 움직임을 같이하는 생물의 군집인 것처럼 봅니다. 그는 안개 속을 걷는 기분에는 관심이 없습니다. 그가 흥미를 느끼는 것은 안개라는 생물의 기묘한 습성과 삶 속에 자신이 존재한다는 사실 자체입니다. 시 「안개Mists」입니다.

 유령을 만드는 데 달은 필요하지 않아
 안개들이 나무줄기를 떠미네,
 꼬마 유령들, 사람 잡아먹는 연기들
 가슴을 펴고 성큼성큼 걸어가는 공허;
 양심에는 전혀 거리낄 게 없지,
 속눈썹을 적시고 곰팡이를 키우고,
 말도 전혀 하지 않아. 혹 녀석들의 걸음걸이가
 나른한 대화처럼 보이지만 않는다면 말이야. 유령처럼

새벽은 이슬을 위해 안개에 손을 댄다.

한쪽으로 누운 풀밭에서 안개는 내게 윙크를 하고

꾀죄죄한 가죽, 희뿌연 침울함 속에서 바짝 마른

내 신발에 광택을 나누어주네,

키 큰 안개들이 더듬고 다니는 유령의 길을 걸을 때.

지금까지 바람, 비, 안개라는 날씨에 관한 시를 소개했습니다. 이 작품들로부터 한없이 변하는 날씨에 대한 자기 자신만의 느낌을 포착하여, 어떻게 하면 쓰고 나서 기쁠만한 시를 쓸 수 있는지에 대한 힌트를 얻었으면 합니다.

첫째 날 '동물 사로잡기'에서 연습한 것과 같이
'바람과 날씨'에 대해서도 여기 인용된 시들을 모방하는 방식
으로 연습해본다. 한 가지 명심할 점은 주제를 가능한 한 명
확하게 잡고, 가급적이면 구체적인 일화에서 가져오는 것이
다. 대다수가 그냥 '눈' 같은 것을 주제로 뽑기 쉬운데, '눈'이
라는 일반적인 개념 안에는 무한한 범주가 존재한다. 눈과 관
련된 생생한 경험이나 상상을 골라보자.

겨울 풍경 Winter-Piece

찰스 톰린슨 Charles Tomlinson

당신은 깨어 있다, 창문은 모두 닫혀 있다―진을 친 물방
울이
    중세풍 유리에 무늬를 새겨놓았다.
    당신이 손을 대자 문은 딸깍, 총소리를 낸다.

얼기설기 다섯 개의 창살 사이로

때까마귀 열다섯 마리가 날아간다

죽도록 굶주린 채, 조용히, 저희를 먹이지 않는

이 겨울의 풍경 위로.

저기, 놈들이 내려앉는다, 쓰레기 더미를 뒤진다, 날이 선

대기를 제외하고는

모든 것이 행방불명이다, 백색의 항쟁이다.

황폐한 길 사이로 이어진

바퀴 자국, 여기, 산사나무 근처에서 놈들은 다시 한번

떡갈나무 잎을 알아볼 것이다, 서리가 잎의

모서리를 다시 날카롭게 벼려놓았기에. 바큇살을 따라,

바퀴통을 따라 구워진 완벽한 거미줄,

한파에 부서지지 않은 데스마스크를 움켜잡고, 거미가 매

달려 있다. 이제 돌아와

당신은 본다, 구멍 나고 지저분한 창이 달린 그대의 집이

반짝이고 있다,

서리의 잎사귀가 전부 흘러내리고 있다.

꿈꾸는 텔레비전Teledreamy

피터 레드그로브Peter Redgrove

이 날씨는 텔레비전의 날씨, 창백한 빛의 사각형으로부터

돌풍이 몰아치네, 쏟아지는 검은 소용돌이;

아주 가볍게, 그녀의 손가락은 타자를 친다.

우리는 그림자의 폭우 속으로 우리들의 눈을 꾹 밀어 넣는

다—

화면을 가로지르는 눈 돌풍 속으로—그 순간

그녀의 아버지, 얼룩진 그의 손가락이 꿈틀거린다,

다시 조용히, 움찔거리기 시작한다.

나는 하품한다 그리고 그림자가 내 입속으로 달려온다, 내

콧속으로 기어들어 온다;

그녀의 어머니, 어머니의 실톱 같은 입이 벌어진다, 흐느

낀다, 벌어진다, 흐느낀다,

그러나 그녀의 눈은 절대로 자신이 쓰고 있는 이야기를 떠

나지 않는다,

그때 우박이 스크린 위를 질주하고

그녀의 부모들은 소용돌이치는

그림자의 먼지 속으로 사라지고, 다시 나타나고,

다시 조용히, 움찔거린다.

입들은 그림자로 넘쳐흐르고,

우리들은 조용히 움찔거리고, 나는 그 속에다가

하품을 한다; 우리는 진군하고, 퇴각하고; 나아가고, 물러

선다

조용히 몸을 떨면서.

사람들에 관해 쓰기

작품 목록

거칠거칠한 코코넛의 머리칼

이유야 어찌 되었든 우리는 다른 사람에게 관심이 참 많습니다. 우리는 그들의 모든 것을 알고자 합니다. 뭐, 참견하기 좋아하는 건 우리네 본성이죠. 언어가 존재했던 이래로 작가들은 사람을 언어 속에서 살아 숨 쉬게 하는 방법을 찾으려 부단히 노력했답니다. 사람들이 과거에 써놓은 것들로부터 뭔가를 배울 수도 있겠습니다만, 사람들에 관한 글쓰기는 결국 여러분 모두가 스스로 익혀야 합니다. 몇 가지 예시를 들어볼 텐데, 좋은 가르침이 되기도 하겠지만 그만큼 독이 될 수도 있어요. 신중히 접근해주세요. 성급히 판단하기 전에 다른 쪽으로도 생각해볼 준비가 되어 있어야 합니다.

사람에 대해 낱낱이 다룬 글 중에서 조금이나마 생명력이 담겨 있는 작품은 믿을 수 없을 만큼 적습니다. 독자로 하여금 어떤 인물이 살아 있는 것처럼, 그가 실제로 존재했던 것처럼 여겨지게 하는 그런 글을 쓰는 일은 틀림없이 굉장히 어려워 보입니다. 역사가 지루한 것으로 인식되는 이유 역시 이와 다르지 않죠. 역사에는 종종 인간이 빠져 있으니까요. 역사책은 사람이 살지 않는 어떤 행성의 사건들을 기록하고 있는 것처럼 느껴지기도 해요. 아, 물론 이름들은 많이 등장하죠. 그런데 역사도 흥미로워질 수 있답니다. 우리가 역사를 만들어낸 사람들의 존재를 생생히 포착하고 느낄 수 있다면 말이죠. 그들이 어떻게 직접 역사 속에서 보고 느꼈는지를 상상해볼까요. 상상력이 개입하면 곧 모든 것이 흥미진진해지고, 우린 비로소 뭔가를 배우게 될 거예요.

저는 종종 엘리자베스 1세 시대의 위대한 정치인이자 철학자인 프랜시스 베이컨 경의 글들을 읽습니다. 참 흥미로운 사람이죠. 그런데 제가 그를 정말 생생하게 느낄 수 있게 된 것은 얼마 되지 않았어요. 전 그 사람에 대한 수많은 것들을 읽었죠. 그가 실제로 어떤 사람이었는지 말해줄 단서를 찾기 위해서요. 그리고 마침내 그의 눈이 특이했다는 이야기를 읽게 됐습니다. 우리가 흔히 독사같이 생겼다고 하는 그런 눈이었다는데, 하필이면 왜 이 특이한 구석이 저를 *끄덕*이게 했는지 모르겠지만 전 이때 그가 어떤 사람인지 정확히 알게 되었어요. 마치 그와 대면하고 있는 것 같았죠. 그리고 모든 것이, 제가 그에 관해 기억하고 있었던 것들이 제게로 성큼 다가와 현실이 되었어요. 이게 바로 우리가 원하는 것이죠. 우리가 카이사르에 대해 읽고 있든, 새로 맞이할 시누이에 대한 설명이 담긴 편지를 읽고 있든, 우리는 그 인물이 생생히, 더 가까이 다가오기를 바라죠. 그래야 그 사람을 알 수 있으니까요.

누군가의 삶을 포착하기 위해 특정 디테일을 고르는 기술은 쉬운 일이 아닙니다. 말했다시피 누구나 새롭게 다시 배워야만 하죠. 그 사람이 평소 어떻게 보이는지 단순히 묘사하기만 해서는 생생한 인물을 만들어낼 수 없습니다. 예를 들어, 이렇게 말해보죠.

"그는 큰 코를 가지고 있다. 머리는 벗겨졌고, 청색 옷을 자주 입지만 때때로 갈색도 입는다. 내 생각엔 그의 눈도 갈색인 것 같다."

이 말은 여러분에게 아무것도 전해주지 않아요. 그는 말랐거나 땅딸막할 수도 있고, 아니면 엄청나게 살이 쪘거나 키가 큰 사람일 수도 있어요. 그 사람의 커다란 코는 매부리코이거나 구부러진 막대기 같거나 한 대 맞은 권투 선수의 코일 수도 있죠. 그러니 저런 묘사에서는 아무것도 확신할 수 없어요. 여러분의 상상력은 확실한 큐 사인을 받지 못하면 움직이지 않거든요. 그러니까 글쓰기 기술이란 여러분이 독자들의 상상력을 움직이게 돕는 일인 거죠.

또 다른 방법으로는 아주 세밀히 그림을 그리는 것처럼, 독자들의 상상 속으로 조금씩, 아주 조금씩 그림을 전달하는 방법이 있어요. 그렇지만 그렇게 한다고 해서 글쓰기가 더 나아지진 않을 겁니다. 예를 들어볼까요.

"눈썹 위 그의 이마는 너비가 꼭 7.25인치이며, 이마 위쪽과 머리의 경계선에 있는 머리카락 끝에서 콧등에 있는 희미한 수평 주름까지의 거리는 정확히 3인치이다. 머리카락은 거칠거칠한 코코넛 색깔이고 왼편으로 가르마가 있으며 귓바퀴 위에서 바싹 깎여 뒤로 넘어갔고, 그 어떤 머리카락도 2.67인치보다 긴 것은 없는데…"

뭐 이런 식이 될 텐데, 이렇게 인물을 묘사하려면 아마 책 한 권 분량이 될 것이고, 여러분은 첫 문단에서부터 읽기가 지루해질 것입니다. 위의 구절 중 한 가지라도 제 상상력을 자극하는 것이 있을까요? 있습니다. 딱 하나 있어요. 그 사람의 머리 색을 거칠거칠한 코코넛으로 묘사했을 때, 전 그게 정확히 무슨 색인지만 알게 된 것이 아니라 심지어 그것의 질감, 거칠거칠함, 뻣뻣함까지 느꼈습니다. 이 비유가 제 상상력을 움직인 것이죠.

인물을 살아 있게 하기

이건 참 흥미로운 사실이에요. 두 가지 것이 은유나 직유를 통해 비교되면 각각 따로따로 언급되었을 때보다 더 뚜렷이 인식하게 돼요. 비유는 살짝 수수께끼 같은 것입니다. 제가 '그의 머리칼은 거칠거칠한 코코넛의 머리칼'이라고 하면 여러분은 스스로에게 물을 거예요. '어떻게 그럴 수 있지?' 진짜 코코넛에는 머리가 달려 있지도 않은데 어떻게 사람 머리카락이 코코넛 털과 같을 수 있는지, 여기에 답하기 위해서 여러분은 여러분의 상상력을 일깨우겠죠. 여러분은 꼼짝없이 더 주의 깊게 관찰하게 되고, 생각하게 되며, 확실히 구분하고, 여러분이 찾아낸 것에 감탄하게 됩니다. 그리고 이 모든 것이 여러분의 최종적인 인상에 힘과 활기를 부여하게 되는 것입니다. 게다가 이 모든 일은 순식간에 일어납니다. 스스로 몇 가지 이상한 은유나 비유를 만들어보고, 그것들이 어떻게 여러분의 상상력을 작동시키는지 알아보세요. 예를 들면 이런 거죠.

잠자리는 어째서 헬리콥터 같을까? 거친 바다 위의 화물선은 어째서 늙은이 같지? 공은 어째서 메아리 같은가?

사람들을 언어 속 삶으로 데려오는 일에는 이렇게 비유가 도움이 됩니다. 이제 예를 하나 들어보죠. 다음에 나올 시에서는 카페에 있는 한 소녀가 바다 밑바닥에 있는 하얀 돌로 묘사됩니다. 시는 소녀가 무엇과 닮았는지 그것만을 말하지는 않습니다. 시인은 한 조각 한 조각씩 비유를 쌓아 올리고, 이 모든 상황이 바다 밑에서 일어나고 있는 것처럼 여기게 합니다. 키스 더글러스Keith Douglas의 시 「이집트풍 찻집에서 물고기가 하는 일Behaviour of Fish in an Egyptian Tea-Garden」입니다.

하얀 돌이 물고기를 끌어 내리듯
그녀는 오후의 해저에서
끌어당기지, 남자들의 시선을, 그들의 비참한
사랑을 갈구하는 마음을. 그녀의 빨간 입술은 숟가락 위

아이스크림 한 조각 위로 미끄러진다. 그녀의 손은

하얀 조개껍질, 심해에 사는
가라앉은 해초처럼, 테이블에
펼쳐진 손가락의 끝은 보라색이 섞인 빨강.

목화솜 거상, 권세 높으신 물고기 한 마리
눈 아래로 잔뜩 처진 살, 황금빛 주둥이를 가졌네
가구로 된 연약한 암초 사이에서 헤엄쳐 나와
게으르게, 떠돌다가, 지켜본다.

갑각류 늙은이, 자기 의자를 딱
그녀 옆에 붙이고 앉아 거기 눈이 있을법한 틈 구멍으로
그녀의 매력을 싸늘히 쳐다보고 있는 것 같아;
아니면 그냥 빤히 쳐다보면서 이를 다 드러내고 있거나.

휴가 중인 선장, 야윈 검은 고등어
앞바다에 누워서는 몸을 돌리고, 흐르는
소릿결을 통해 감상하지. 납작한 눈을 한 넙치는
지푸라기를 빨며, 정적 속에서 뚫어지게 바라보네, 느즈러
져선.

씩씩한 사내놈들은 떼를 지어 헤엄쳐 와선 그 하얀
구경거리 주위를 둘러싸거나 지나치며 꾸물꾸물;
때로는 잠깐 멈춰, 말문을 열어보려는지:
물어뜯거나 잡아당기기 위해 멈추는 물고기들.

그러나 이제 아이스크림을 다 먹었어, 값은
치러졌지. 물고기들은 일을 하러 떠나고
그녀는 혼자 테이블에 앉아 있지, 수집가들에게
하얀 돌은 쓸모가 없었던 모양이야, 부자들에겐 말이야.

이 시는 단순히 모든 것을 물고기나 바다 밑의 것들로 비
유하지 않습니다. 대신 어떤 부류의 사람이고 어떻게 행동하
는지를 우리가 확실히 인지할 수 있도록 했죠. 누군가를 '목
화솜 거상'이라 부른다고 해서 그가 어떤 사람인지 온전히 알
수 있는 것은 아닙니다. 그건 그저 그의 직업에 대한 기본적
인 정보일 뿐이에요. 하지만 그를 다음과 같이 묘사했어요.

… 권세 높으신 물고기 한 마리
눈 아래로 잔뜩 처진 살, 황금빛 주둥이를 가졌네

우리는 정확히 그가 어떤 사람인지를, 그의 거만하고 처진 얼굴, 금으로 때운 치아를 알아보게 됩니다. 노인에 관한 묘사를 하나 더 보죠.

갑각류 늙은이, 자기 의자를 딱
그녀 옆에 붙이고 앉아 거기 눈이 있을법한 틈 구멍으로
그녀의 매력을 싸늘히 쳐다보고 있는 것 같아;
아니면 그냥 빤히 쳐다보면서 이를 다 드러내고 있거나.

그가 확실히 여기 존재하는 것처럼 여겨지고, 우리는 그의 의중까지도 체험할 수 있습니다.

도움이 될만한 것이 하나 더 있는데, 이번엔 시가 아니라 미국의 흑인 재즈 피아니스트가 연주를 준비하는 모습을 묘사한 글입니다. 작가는 밴드가 연주를 시작하기 직전 섬광같이 짧은 순간에 파워하우스라 불리는 피아니스트를 포착해 내려 합니다. 첫 소절을 준비하는 연주자의 손가락 모양, 눈썹의 움직임과 같이 생동감 있는 모습들을 작가의 눈이 어떻게 응시하고 있는지 한번 보세요.

파워하우스는 할렘가의 소년들처럼 으스대지 않고, 술꾼이 아니며, 정신이 이상한 것도 아니다—그는 그저 즐거운 사람이자 한 사람의 광신도로서 무아지경 속에 있다. 자기가 연주할 때만큼이나 끔찍할 정도로 강력한 황홀감을 얼굴 위에 내비친 채로 그는 듣고 있다. 눈썹의 커다란 곡선은 유대인처럼—방랑하는 유대인의 눈썹처럼—유랑을 절대로 멈추지 않는다. 그는 연주하면서 피아노와 의자를 두들겨대고, 그것들을 닳아빠지게 만든다. 그는 매 순간 움직인다—이보다 음란할 수 있을까? 커다란 머리, 비대한 위장, 약간 둥그스름한 피스톤 같은 다리, 길고 노랗게 갈라져 있는, 쉬고 있을 땐 바나나처럼 커다란, 힘찬 그의 손가락들. 물론 그가 어떻게 연주할지 당신은 알고 있지—그의 음반을 들어봤으니까—그래도 그대는 여전히 그를 들여다볼 필요가 있다. 스케이트 링크에서 스케이트를 타거나 배를 젓기라도 하는 것처럼 그는 온갖 시간을 움직인다. 그럼 군중들이 여기, 조명이 즐비한 철근 구조의 홀 속으로, 넬슨 에디의 장미꽃 같은 포스터와 독심술을 하는 말에 대한 500배쯤 과장된 보증서가 있는 홀 주변으로 모조리 모여든다. 정말 조용히, 그가 건반 위에 손을 얹는다, 예언서에 손을 가져다 대는 샤먼의 미더움과 평정심을 지니고….

파워하우스는 밴드에 준비 신호를 보내는 일만으로도 많은 것을 해낸다. 관객 모두가 자기 자신의 약함을 숨기려는 듯 웃어대며 곧 신청곡을 써 넘길 것이다. 파워하우스는 엉큼한 얼굴을 하고 하나씩 하나씩 연구하듯 읽어댈 것이다. 그 얼굴은 다른 누군가의 얼굴처럼—마치 가면처럼—보일 것이다. 한순간, 그가 결정을 내린다. 그의 눈꺼풀 밑으로 빛이 미끄러져 지나가고, 그가 말한다. '92번!' 혹은 다른 숫자를 외치지만, 그게 곡명인 경우는 없다. 넘버가 지목되기 전의 밴드원들은 마치 교실의 아이들처럼 완전히 미쳐서는 버릇없이 서로 밀어대고, 그는 선생처럼 조용히 시킨다. 그는 손을 건반 위에 올리고 단호하게 말한다. '모두 준비됐지? 다들 진지하게 해볼 준비 된 거 맞지?'—기다렸다가—그러곤 발을 꽝. 잠깐 조용히. 그러곤 두 번째로 발을 꽝 구른다. 이건 절대적인 것이다. 곧 박자를 맞추기 위해 다들 리드미컬하게 바닥을 발로 구른다. 이제 오 주여! 트럼펫의 경계 너머에서 눈들이 인사한다. 반가워 그리고 잘 가. 그러고는 모두들 폭포처럼 첫 음을 누르는 것이다.

이것은 행동하고 있는 인물에 대한 것입니다. 묘사하기 어려울 거라고 생각될 만큼 복잡한 행동이죠. 그러나 작가는 아주 쉽고도 자연스럽게 해냅니다. 거의 말하는 것처럼 느껴지지요. 이 장면은 흥미로운 디테일, 여러분의 관심을 끌만한 디테일, 여러분이 기억하는 부분들에 의존하며, 그저 언어를 통해 생생히 보여주고만 있습니다. 모든 어려움은 한 인물을 생생하게 보여주는 것, 그 자체에 있답니다. 그의 어떤 부분이 흥미로운지, 그 사람의 어떤 디테일이 여러분의 눈을 사로잡는지.

한 사람의 삶을 조명하기

소녀에 대한 작품과 파워하우스를 다룬 두 작품 모두 정확한 시간과 장소에서 정해진 무언가를 하는 인물들을 묘사하고 있습니다. 그렇다면 한 사람의 인생 전체를 간결히 진술하거나 그 사람에게서 받은 전체적인 인상을 간단히 제시하는 일은 얼마나 어려울까요?

만약 여러분이 아버지에 대해 20줄 안쪽으로 설명해달라는 부탁을 받으면 어떻게 하시겠어요? 다른 모든 이들과 아버지를 구분해주는 특징적인 행동거지들을 묘사할 거예요. 아버지가 매일 회사에 간다는 건 말하지 않을 수도 있어요. 그건 뭐 당연한 거니까요. 하지만 아버지가 창던지기 챔피언이라거나, 늘 손가락 관절을 꺾으며 앉아 있다거나, 치아가 피클처럼 생겼다는 얘기는 할지도 모르겠어요. 사람들은 보통 잡담을 하거나 일상적인 대화를 하면서 그런 디테일들을 자연스럽게 선택하죠. 여러분이 친구에게 누군가를 설명해줄 때 그이의 머리카락이나 눈, 옷차림 등이 별로 독특하지 않다면 굳이 묘사할 필요가 없겠지만, 만약 눈이 한쪽은 푸르고 한쪽은 녹색이라면, 그건 아마도 여러분이 제일 먼저 언급할만한 일일 거예요. 하지만 그들의 생김새가 다소 평범하다면, 겉모습을 접어두고 그들의 행동거지를 다뤄야 할 겁니다. 정말로 개성적인 행동이나 특징이야말로 자꾸 신경이 쓰이는, 우리가 사람에 대해 논하게 하는 이유이기 때문이죠.

　다음 시에서 필립 라킨Philip Larkin은 한 사람의 인생을 회고합니다. '시'라는 렌즈를 통해서 들여다보면 그 사람이 처했던 상황들의 디테일을 볼 수 있게 돼요. 결국 그 사람의 머릿속으로 들어가 그의 눈을 통해 보게 되죠. 그의 공허감, 딜레

마, 체념과 같은 것들을 알아차리게 되는 거예요. 제목은 「미스터 블리니 Mr Bleaney」입니다. 제 생각에, 우린 이제 모두 그를 알아볼 수 있을 거예요.

"여기가 블리니 씨의 방이었습니다. 시체가 되기 전까지
그는 모든 시간을 여기에서 보냈죠, 그들이
그를 밖으로 옮기기 전까지는요." 얇고 낡은 꽃무늬 커튼이
문지방 5인치 아래까지 내려와 있었다,

창문으로 건물 부지 한쪽이 보인다,
풀이 우거졌고, 어수선하다. "블리니 씨가
제 작은 정원을 전적으로 관리했죠."
침대, 등받이가 곧은 의자, 60와트 전구,

문 뒤엔 책이나 가방을 걸 공간도, 걸쇠도 없다―
"여기로 하죠." 그리하여 공교롭게도 나는 블리니 씨가
누웠던 바로 거기에 누워서, 담배도 같은
기념품 접시에 비벼 끄고, 목화솜으로

귀를 막고 잠들기 위해 애썼다, 그가

그녀의 환심을 사기 위해 시끄럽게 재잘거리는 동안.

블리니 씨의 습관을 알 만도 했다―언제 그가 돌아왔고

그가 어떤 그레이비소스를 선호하며, 어째서

그가 확률이 낮은 축구 경기에만 돈을 걸었는지―

연례행사처럼: 프린턴가 사람들이

그더러 여름휴가를 떠나도록 했고,

스토크에 있는 누이의 집에서 크리스마스를 보내도록 했

는지.

하지만 그가 일어나서 구름을 걷어내는 차가운

바람을 바라봤다면, 푸석푸석한 침대에 누워

스스로에게 말했겠지, 여기가 내 집이었지, 활짝

미소 지으며, 추위에 몸을 떨며, 두려움을 떨치지 못했겠지

사는 방식이야말로 우리네 본성인 것이기에,

더는 뭔가 보여줄 것 없는 나이라고

임대한 이 방에서 그는 이보다 더

나아질 게 없다고 확신했을 거다, 모르긴 몰라도.

아니면 다시, 한 사람의 삶을 조명하기 위해 그 삶의 직관적이고 특징적인 상황들을 뽑아 그것들을 보여주고자 할 수도 있겠죠. 제가 쓴 시를 볼까요? 저는 이 시에서 아내와 남편의 삶을 묘사했고, 처음에는 긴 시를 쓰게 될 줄 알았습니다. 그러나 한참 고심한 끝에 다른 모든 것, 그들의 관계가 어떻게 성장해가는지를 나타내는 다른 모든 일 중 결국 주요한 핵심 상황 하나만 등장하도록 압축하기로 했습니다. 시는 광부와 그의 아내에 관한 것이고, 보게 되겠지만 아주 짧습니다. 제목은 「그녀의 남편Her Husband」입니다.

석탄가루에 덮여 느릿느릿 집으로 돌아와 일부러
싱크대와 악취 나는 수건을 더럽혀대네, 부엌일, 빨래질과
함께 부인이 배워줬으면 하니까
돈이 얼마나 벌기 힘든 건지.

이 먼지를 통해 부인이 배우게 하리라, 그가
얼마나 갈증에 시달렸는지 어떻게 그걸 해소했는지

그가 돈과 교환한 것이 얼마만큼의 땀방울인지
피를 팔아 번 돈이다. 그는 부인을 겸손케 하고

그녀의 의무를 새롭게 조명할 것이다.
오븐에서 두 시간 동안 데워진, 튀김, 그 퍽퍽한 튀김은
그녀가 한 대답의 일부일 뿐.
나머지 것을 듣자, 그는 그것들을 벽난로 속에 팽개친다

그러고는 밖으로 나가 집 뒤를 돌며 노래하지
"돌아오라 소렌토로" 골이 진 철판 같은
우렁찬 목소리로.
모욕을 당한 부인의 등에는 한 덩어리 혹이 생기고…

그들이 그들의 권리를 가질 것이기에.
그 작은 검댕 부스러기들로부터 그들의
배심원들이 소집될 것이다. 그들의 법정 서류는
곧장 하늘로 올라가지만 아무 응답도 들리지 않는다.

여기까지, 우리는 두 가지 방법을 만나봤습니다. 첫째는

인물을 살아 있게 하기였죠. 하얀 돌 같은 소녀에 대한 시가 그렇게 했듯이 세밀히 들여다보고 정확한 묘사의 빛을 통해 누군가를 실제로 여러분 안에 존재하게 하는 것입니다. 두 번째는 한 인물의 전 생애를 한두 가지 사건을 통해 서술하는 것이었죠. 여기서 사건은 인물의 일상적인 사고방식과 감정을 체험할 수 있게끔 하는 사건을 말합니다.

이 두 가지 방법은 근본적으로 같은 것입니다. 인간의 뇌가 작동하는 아주 자연스러운 방식에서 그 원칙이 비롯되기 때문인데, 우리는 어떤 복잡한 장면이나 사건 혹은 인상을 전달하고자 할 때 한두 가지 디테일을 통해 전체를 암시하고자 합니다. 예를 들어, 별명을 붙일 때 우리는 눈에 확 띄는 상대의 특징을 잡아내고, 이후 그 사람을 그 특징으로 부릅니다. 그냥 머리카락이 생강 색일 뿐인데 빨간 머리 소년이 생강이라고 불리는 걸 보세요. 늘 몸을 긁는 사람이 벌레라고 불리기도 하죠.

짧은 이야기나 시에서 사람을 이름으로 부르는 것이 아니라 그들의 겉모습에서 특징을 잡아내어 부르는 일이 얼마나 효과적이고 흥미로운지, 여러분 모두 알게 될 겁니다.

사람에 대한 상상적 글쓰기를 할 때는 완전히 자유로워야 한다. 제약 없는 글쓰기의 유용성은 이미 입증되었다. 제약을 두지 않음으로써 글쓰기가 혼란스러워질 수 있다는 점에는 의심의 여지가 없지만, 시를 읽고 쓰는 일의 즐거움이나 치유 효과에 대해 말할 때면 이 방법이 제시된다.

모든 상상적 글쓰기는 일정 부분 잊혔거나 금지되었던 목소리와 다름없으므로, 향수를 불러일으키는 측면에서 과거와, 혁명적인 측면에서 미래와 연결된다. 또 그런 맥락에서 원죄, 폭발, 세상의 종말, 무시무시한 폭력 따위의 것들과도 닿아 있다고 할 것이다. 흥미로운 작업을 위해서 모든 것을 허용하자.

상상력은 드넓게 펼쳐진 활동의 장과 15분 동안의 자유 그리고 면책을 바란다. 이 조건이 제공되지 않으면 담대함 같은 것이 나올 수 없을 것이다.

장송곡Dirge

케네스 피어링Kenneth Fearing

1-2-3은 그가 걸었던 숫자였지만 오늘은 3-2-1에 걸어본
다;

그의 카바이드 차량은 30에 샀지만 29에 팔렸다; 아칸소
에서는 인기가 많은 차였지, 주행 속도는 느렸지만—

오, 실무용이죠, 부동형에, 실크 덮개를 씌운 6기통 완충
장치가 달린 차를 시승해보시겠어요? 할리우드 스타와 결혼
하시겠어요? 58번을 고르시겠어요? 에이스를 뽑으셨나요,
킹인가요, 잭인가요?

오, 의지를 가진 분은 아니라고 말하지 않는 법이죠, 성냥 하
나로 3개의 담배에 불을 붙일 때는 조심하세요; 오, 8월의 화성
아래에서 태어난 민주 당원, 철도 매각을 조심하세요—

끝에서 끝으로, 그는 확신 속에서 자부심을 품었죠, 자기
삶을 살고 있다는 확신 말이에요,

그럼에도 불구하고, 가스는 끊겼고; 그럼에도, 은행에서는

거래해주지 않고; 그럼에도 불구하고, 집주인의 호출을 당했으며; 그럼에도, 라디오는 부서졌죠.

    너무 자주 12시 정각이 되었고,
    그는 그저 회색 트위드 정장을 입었고, 밀짚모자를 샀고, 스카치를 스트레이트로 들이켰고, 발을 동동거리고, 한참을 살펴보다가, 깊은 한숨을 쉬었죠.
    자주 그랬어요.

    그리고, 아이고, 그는 그렇게 살다 죽어버렸어요.
    쾅 하고 직장으로 향해선, 콰앙 하고 집에 자러 가고, 그리고, 콰과광 결혼을 해서, 쾅! 아이를 갖고, 으어어 해고를 당했죠.
    우와, 그는 그렇게 살다가 이야, 그렇게 뒈진 거예요.

    어휴, 도대체 누구, 그 관 구석에 함께 있는 자 누구란 말이오, 그리고 젠장
    오른손으로 은색 손잡이를 잡은 채로 우린 어디로 가죠, 그리고 어휴 아메리칸 뷰티

화환과 함께 끝에서 두 번째로 걷는 것을 누가 신경이나
쓰나요
　　젠장 왜 안 그렇겠어요,

　　〈뉴욕 이브닝 포스트〉의 발행부 직원들은 당선을 매우 그
리워하겠죠; B.M.T.가 보낸 조문, 깊이, 깊이, 애도합니다,

　　어엄… 루스벨트 씨가 애도합니다; 파우 씨가, 시어스 로
벅이; 오크가, 엄청 깊이; 쾅, 여름 비; 종이 울리는군요
　　뎅, 땡땡 씨, 뎅, 아무개 씨, 뎅, 무명씨, 뎅.

앨프레드 코닝 클라크Alfred Corning Clark

(1916–1961)

로버트 로웰Robert Lowell

당신은 〈뉴욕 타임스〉를 읽었지
매일 쉬는 시간마다,
하지만 그 무미건조한

부고란訃告欄, 당신의

부인이 될 사람들의 목록은,

뉴스거리가 되지 못했네,

9만 5천 달러짜리

당신이 여섯 번째로 준

그 약혼반지를 제외하면 말이지.

불쌍한 부자 소년,

당신은 계절감 없는 어른이었어

늘 서두르지 않았고,

그러곤 마흔다섯에 죽었지.

불쌍한 앨 클라크,

확대되었지만,

알아보기 힘든 당신의 사진,

난 고통스러워.

당신은 살아 있었어. 당신은 죽었지.

그대는 나비넥타이를 매고, 짙은

청색 코트를 입고, 철쭉이나

계피 맛 박하사탕을 빨았지

당신의 숨결을 향기롭게 하려고.

거기엔 분명 뭔가가 있었지―

어떤 이들은 치켜세우곤 했어

그대의 아름다운 수줍음을,

권력을 사용하기를 거부했고,

당신 이마의 창백하고 오목한 부분에는

세심하면서도

활기 넘치는 지성이 자리했지.

당신은 결코 열심히 하지 않았고,

뭘 하든 3등이었지.

나는 당신에게 빚진 것이 있어―

난 갈피를 못 잡고 헤매고 있었고,

그걸 그냥 휙, 냉정히 웃어넘기기에

그대는 너무 지루했던 거지.

친애하는 앨프레드;

우리 못 미더운 영혼들은 서로 합쳐졌지

성 마가 수도원 안뜰에서의

우리의 비공식적이고

불법적이었던 체스 게임에서.

보통은 당신이 이겼잖아―

햇볕 속의 도마뱀처럼

움직이지 않는.

너는You're

실비아 플라스Sylvia Plath

광대처럼, 극상의 행복을 책임지고,

발은 별을 향하고, 달 모양 두개골을 하고,

물고기처럼 아가미가 달렸지. 우리들은

도도새들의 방식에 동의하지 않아.

실꾸리처럼 스스로를 감싸고,

올빼미처럼 어둠을 샅샅이 훑는구나,

크고 오래된 회중시계처럼 침묵하고 있었지

독립기념일부터 만우절까지 말야,

오 높이도 떠오르는, 내 작은 빵아.

안개처럼 모호해, 호주보다 먼 곳

에서 온 우편물 같아.

등이 굽은 지도책, 여행을 참 많이 한 우리 새우.

피클 병 속의 청어처럼, 집에서, 새싹처럼

아늑한.

뱀장어 통발, 온갖 잔물결.

멕시코 콩처럼 튀어 오르지.

정확한 계산처럼 딱 맞는.

너의 얼굴이 비치는, 깨끗한 석판.

비가Elegy

시어도어 로스케|Theodore Roethke

그녀의 얼굴은 비 맞은 돌멩이 같았네, 그녀가 어두운

영구차 안으로 굴러 들어간 날, 시의원에게 걸맞은 꽃들과

함께였으며—

그리하여 그녀는, 그녀의 방식대로, 틸리 고모였지.

애석해라, 한탄스러워라, 누가 이를 순리라고 하겠는가?

정신과 육체 사이에—무슨 불화가 있었던가?

그녀는 결코 알지 못했지;

그녀는 아무것도 묻지 않았고 아무 답도 주지 않았으니,

친인척들이 모두 떠나간 후에도 죽음 앞에 남아 있던 자,

미친 사람을, 간질 환자를, 병자를 먹이고 돌보았던 자,

그리고, 자기 자신을 향해 겨친 웃음소리를 내며,

최악에 직면했던 자.

나 회상하네, 그녀가 아이들을 쫓아내려고 녀석들을 어떻
게 괴롭혔는지

늦여름 내내, 그녀의 뜰에 딱 하나 아름다웠던 것,

복숭아나무에서 말이야; 그녀가 시든 것들을, 떨어져버린
것들을,

흉한 것들을 골라다가 흔들리는 계단참에 내버려두고, 그
녀 자신을 위해

가장 좋은 것들만 골라 절여두었던 일을.

그럼에도 불구하고 그녀는 고통 속에서 죽었고,

그녀의 혀는, 최후의 순간, 황소처럼 검고 두껍게 되었지.

경찰, 대금업자, 가난을 배신한 자들에 대한 공포, ―

나는 당신을 천국의 어느 슈퍼마켓에서 알아보네

부추와 양배추 사이를 고요히 움직이며,

호박을 살펴보면서,

한결같은 두 눈으로,

떨고 있는 정육점 주인을 압도하는.

넷째 날.

생각하는 법 배우기

작품 목록

습격, 설득, 매복, 사냥, 그리고 투항

분명히 해두고 시작하는 것이 좋겠습니다. 이제부터 저는 '특정한 사고방식'에 대해 이야기할 것입니다. 우리가 '생각' 이라고 부르는 이 활동에는 이상하고도 훌륭한 점이 있습니다. 모든 사람에게 각자의 방식이 있다는 점이죠. 우리는 모두 자신만의 생각뿐 아니라 고유의 사고방식도 갖고 있습니다. 아주 특별한 종류의 사고력이 요구되는 고도의 전문 직종에 종사하지 않는 한, 우리는 '내가 제대로 생각하고 있는 걸까' 하고 걱정할 필요가 없습니다. 우리가 해야 할 일은 '생각하는 것'뿐입니다.

모두 알다시피 생각하는 것은 숨을 쉬는 것처럼 자연스러운 일입니다. 일반적으로 우리는 항상 생각이란 것을 하고 있죠. 그렇다면 생각에 대해 대체 무슨 얘기를 할 수 있을까요? 글쎄요, 무서운 것은 우리가 거의 언제나 이런저런 것을 생각하고 있지만, 더 많이 생각하는 사람들이 있다는 사실입니다. 어떤 사람들은 더 열렬하게 생각합니다.

항상 바쁘게 움직이며 일을 돌아가게 하는 사람들이 있습니다. 다른 사람들이 그냥 멍하게 앉아 있을 때도요. 이 '일'을 '생각'으로 바꿔봅시다. 항상 혹은 많은 시간을 고군분투하고 일하고 기억을 저장하고 답을 찾아내는 뇌가 있고, 그냥 누워서 코를 골다가 가끔 뒤척이는 뇌도 있겠죠. 저는 전자에 대해서 말하려는 게 아닙니다. 그 사람들에게는 더 해줄 말이 없군요. 행운을 빌어주고 싶습니다. 제가 말하고자 하는 것은 게으른 마음, 은밀한 마음에 관한 것입니다. 경험상 스무 명 중 열아홉 명은 여기에 해당할 것으로 봅니다. 저 또한 그렇습니다. 항상 그래왔고요.

학창 시절, 저는 제가 말로 표현할 수 있는 것보다 훨씬 좋은 생각을 갖고 있다는 착각에 시달렸습니다. 제 생각을 옮길 수 있는 적합한 단어를 찾지 못했다거나 제 생각이 언어로 옮기기에 너무 심오하고 치밀했던 것은 아닙니다. 그저 생각을 말로 하거나 글로 적으려 하면 그 생각이 사라지고 말았던 것이죠. 사실 제가 갖고 있던 것은 멍하고 텅 빈 느낌일 뿐이었어요. 갑자기 누가 '율리우스 카이사르의 장남 이름이 뭐였지?', '7,283 곱하기 6,956은? 빨리, 뭐지? 뭐야? 빨리!'라고 물었을 때의 느낌처럼요. 이런저런 이유들로 저는 제가 단 한 번도 포착해낼 수 없었던 생각들에 큰 관심이 생겼습니다. 그 생각들은 '생각'이라 부르기도 어려운 것이었어요. 그저 뭔가에 대한 애매한 느낌 같은 것이었죠. 언어라는 점을 제외하고는, 역사라든지 산수라든지 아무런 주제에도 속하지 않는 것이었어요. 그러다 떠오른 어떤 아이디어가 점점 커졌습니다. 이런 생각들은 어쩌면 에세이를 쓰기에 적합한 것이었어요. 쓰더라도 에세이답지 않은 에세이가 되겠지만요. 하지만 그 생각들 대부분이 저에게는 쓸모가 없었습니다. 결코 그 생각들을 붙들 수 없었거든요. 에세이를 쓸 때 시도해본 것도 같은데 그다지 만족스럽지 않았습니다.

이제 무슨 일이 일어났는지 아실 겁니다. 저는 생각을 하고 있었고, 흥미로운 생각이기도 했지만, 그 생각을 이어나가지도, 필요할 때 써먹지도 못했죠. 대부분의 사람들이 똑같은 문제를 겪고 있다는 사실을 몰랐을 땐 저에게만 이런 이상한 일이 일어나고 있는 줄 알았습니다. 번뜩 나타났다 사라지고 마는 찰나의 생각, 분명히 뭔가 깨달았던 것 같은데, 뭔가 떠올랐던 것 같은데, 도무지 다시 불러내 살펴볼 수가 없죠. 내 마음대로 안 되는 내 마음이라니, 이상하게 들리지만 정말입니다.

내면세계가 있어요. 최종 현실의 세계로 기억, 감정, 상상력, 지능, 본능적 상식의 세계죠. 의식적으로든 무의식적으로든 심장처럼 항상 구동하고 있습니다. 사고 과정이란 것도 있습니다. 우리가 내면세계를 뚫고 들어가 답을 찾고, 답을 증명할 증거를 포착하는 과정이죠. 이 습격, 설득, 매복, 사냥, 투항의 과정이 바로 우리가 배워야 할 사고의 과정입니다. 어떻게든 그것을 배우지 못하면 우리의 마음은 낚시할 줄 모르는 사람의 연못에 사는 물고기처럼 우리 안에 그저 놓여 있게 될 뿐이죠.

한 가지 대상에 집중하는 일

이제 제가 말한 특정한 사고방식이 무엇인지 아시겠죠. 어쩌면 이것을 '사고'나 '생각'이라고 부르면 안 될 것 같기도 합니다. 우리는 머릿속에서 일어나는 모든 활동을 그냥 생각이라고 부르는 경향이 있죠. 애매하거나 어슴푸레한 생각들을 잡아서 한데로 모으고 찬찬히 살펴볼 수 있도록 붙드는 요령이나 기술 같은 것에 대해 설명해보겠습니다. 예를 들어볼 게요.

"여러분의 삼촌을 생각해보세요."

머릿속에 삼촌에 대한 생각이 얼마 동안 머물렀나요? 물론 삼촌을 상상했겠죠. 그런데 삼촌을 떠올리자 즉시 다른 것이 생각나고, 다른 생각이 나자 삼촌은 배경으로 깔리더니 결국 사라져버리지 않았나요? 이제 다시 삼촌을 불러내 봅시다. 삼촌을 상상해 보세요. 다른 것은 말고요. 다른 것은 안 돼요.

삼촌에 관한 것은 무수하죠. 삼촌의 눈을 보세요. 어떤 눈빛을 하고 있죠? 머리카락은요? 가르마가 어느 쪽에 있나요? 머리카락이 얼마나 굽어 있나요? 머리카락이 무슨 색이죠? 삼촌이 대머리일 수도 있겠죠. 두피가 어떤가요? 턱은 어때요? 한번 들여다보십시오. 삼촌에 관한 정보가 정말 많군요. 몇 시간이고 삼촌을 생각할 수도 있겠어요. 그동안 삼촌을 집중해 떠올릴 수만 있다면 말이죠.

머리끝에서 발끝까지 삼촌을 떠올릴 때 여러분의 기억 속에는 삼촌이 말하고 행동한 것에 대한 기억도 함께 있을 것입니다. 삼촌의 말과 행동에 대한 여러분의 감정도 있겠죠. 삼촌에 대해 여러분이 가지고 있는 생각들을 관찰하고 머릿속으로 삼촌을 살펴보는 데 몇 주가 걸릴 수도 있을 것 같습니다.

제가 좀 과장하긴 했습니다만 삼촌에게만 집중해서 몇 초 이상 삼촌만 생각하기가 어렵다는 것을 즉시 깨달았을 겁니다. 그럼 어떻게 삼촌에 대한 생각을 모조리 수집할 수 있을까요.

상상한 것을 단단히 붙잡고 면면히 조사할 때까지 놓지 않아야 합니다. 그런데 머릿속에 떠오른 모든 것을 이렇게 할 순 없겠죠. 그랬다간 인생을 살 시간이 남아나지 않을 테니까요. 그럼에도 한 번쯤은 배워볼 가치가 있습니다. 「돼지 관찰View of a Pig」이라는 시를 통해 제가 설명하려는 것이 무엇인지 알아보도록 합시다. 이 시에서 저는 아주 고요한 것을 응시하며 그에 관련된 생각을 수집합니다.

돼지에게서 눈을 떼지 않으면서 아주 신속하고도 간결하게 돼지를 관찰합니다. 돼지를 보고 떠오른 모든 생각을 사용하지도 않죠. 시를 만드는 데 가장 어울리는 생각들을 고릅니다.

그 돼지는 죽은 채로 수레 위에 누워 있다.

녀석의 무게는, 그들이 말하길, 장정 세 사람 정도 나갔다
고 한다.

눈은 감겨 있고, 분홍빛 하얀 속눈썹이 있다.

녀석의 발은 쭉 뻗어 있다.

그 무게, 두께, 분홍색 덩어리는

죽음 속에 놓여서도 죽은 것처럼 보이지 않았다.

그건 생명이 없는 것보다 심했다.

그것은 밀가루 포대 같았다.

나는 별 죄책감 없이 그것을 세게 때렸다.

무덤 위를 걸을 때 느낄 수 있는,

죽음을 모욕하는 죄책감. 그러나 이 돼지는

책망할 줄도 모르는 것 같았다.

그건 너무 죽어 있었다. 그저 그냥

1파운드 되는 비계와 돼지고기.

마지막 존엄성마저 완전히 사라졌다.

모양이 재밌는 것도 아니었다.

동정심을 느끼기엔 너무 많이 죽어 있었다.

녀석의 삶, 소음, 세속적인 쾌락의

근거를 기억하는 일이,

헛수고처럼 여겨졌다, 쓸데라곤 없는.

너무나도 치명적인 사실은 녀석의 무게가

나를 짓누른다는 것—어떻게 이걸 옮긴단 말인가?

이걸 자르는 일은 또 얼마나 번거로울까!

놈의 목구멍에 있는 자창은 충격적이었지만, 불쌍하진 않

았다.

한번은 시끄러운 시장 안을 뛰어다녔다

고양이보다 빠르고 날쌘

기름진 새끼 돼지를 잡으려고,

꽥꽥거리는 울음이 마치 금속을 찢는듯했다.

돼지들은 뜨거운 피를 가졌음이 틀림없다, 놈들은 오븐

같다,

녀석들은 말보다 더 엉망으로 물어뜯고—

놈들은 반달 모양으로 입 주위를 깨끗이 핥는다.

놈들은 숯덩이를, 죽은 고양이들을 먹는다.

그렇게 알아보거나 감탄하는 일은

오래전에 다 끝났다.

나는 오랫동안 녀석을 응시했다. 그들이 녀석을 삶으려고,

삶고, 층계참 닦듯 박박 문지르려 했다.

이런 식으로 한 가지 대상에 생각이 머무르게 하는 법은
어디서 배울까요? 값진 능력입니다. 학교에서 가르쳐주지 않
고, 타고나기도 어려운 능력이지요. 저도 그다지 잘하는 편은
아니지만 몇 가지 방법들을 터득했답니다. 학교에서는 아니
고, 낚시를 하는 동안이었어요.

저는 잔잔한 물 위에서 낚시를 하고 있었어요. 낚시꾼이
하는 일이라곤 몇 시간이고 찌를 노려보는 일뿐이죠. 10야드
정도 떨어진 곳에 놓인 콩알만 한 빨간색과 노란색 찌를 계속
해서 쳐다보고만 있는 일에, 저도 수백 수천 시간을 쏟아부었
습니다. 한 번도 낚시를 해본 적 없는 분들에겐 졸리고 지루
하게 들리겠지만, 실제로는 절대 그렇지가 않답니다.

우리 마음을 산만하게 흐트러뜨리던 온갖 성가신 생각들이, 일순간 사라집니다. 낚시를 하려면 그 생각들은 사라져야만 합니다. 그렇지 않으면 가만 앉아 있을 수가 없어요. 금세 지루해져 조급하게 그만두고 싶어지죠. 그러나 일단 그 생각들이 사라지고 나면, 천국을 맛보게 됩니다.

'나'라는 존재 자체가 떠다니는 찌 위에 가볍게 머물고 있는 것 같습니다. 졸지 않고 아주 초롱초롱하게요. 낚시찌의 작은 진동마저 전기처럼 짜릿하게 느낄 수 있도록 말이죠. 찌를 바라만 보는 것은 아닙니다. 오케스트라 연주에서 콘트라베이스 음을 찾아내려 귀를 기울이듯이 찌를 보면서 가늠할 수 없는, 마음을 사로잡는 캄캄한 물속 그 아래에 있을 물고기를 생각하는 거죠. 스스로 상상력에 놀라기도 합니다. 물풀을 떠나 서서히 미끼 쪽으로 다가오는 물고기가 상상 속에서 매 순간 커져갈 때, 여러분에 대해서는 여전히 까맣게 모른 채로 아름답기만 한 물속 세계를 부유할 때. 그리고 마침내 이 불안하고 예상할 수 없는 사건의 장에서 이 모든 집중과 흥분의 대상이 낚여 올라오는 순간, 아무것도 존재하지 않는 세계에서 나온 삶의 본질, 생명은 무로부터 나오고 무로 돌아간다는 필연적인 사실을 생각하게 되는 것이죠.

따라서 찌를 가지고 하는 낚시는 하나의 대상에 집중하게 하는 일종의 정신 운동이자, 그 대상에 관한 모든 것을 모을 수 있도록 자유롭게 상상하는 연습이기도 합니다. 방금 이야기에서 집중의 대상은 찌이고, 대상에 관한 것들은 상상 속에서 분주했던 물고기들이 되겠죠.

삼촌에 대해 생각하거나 상상으로 떠올린 삼촌을 찬찬히 살펴보고, 머릿속을 떠다니는 삼촌에 대한 생각들, 삼촌을 관찰하기 위해 필요한 생각들을 모아보세요.

아직도 조금은 어렵게 느껴지나요? D. H. 로런스가 겨울에 시칠리아에서 아몬드나무에 관해 쓴 시를 소개합니다. 로런스는 아몬드나무에 대해 엄청나게 흥미로운 생각들을 가지고 있습니다. 그 생각들을 나무에 묶어두는 것을 봅시다. 나무를 중심에 놓고, 집중력을 잃지 않죠. 로런스의 시 「벌거벗은 아몬드나무Bare Almond Trees」입니다.

빗속의 젖은 아몬드나무,
쇠붙이처럼 완강하게 땅 밖으로 솟아 나와 있다;
빗속의 검은 아몬드나무 줄기,
철로 만든 기구처럼, 흉물스럽게 비틀려서는 땅 밖으로 나

왔지,

깊은 곳에서, 시칠리아산 노루발풀, 먹을 수 없는 잔디의 부드러운 날갯짓,

아몬드나무의 줄기는 짙은, 쇳빛의 어둠으로, 등성이를 오르고 있다.

테라스 난간 아래, 아몬드나무,

검고, 녹슨, 철제 줄기,

너는 네 얇은 줄기들을 더 촘촘하게 용접해놓았지,

강철처럼, 공기에 더 민감한 강철처럼,

회색, 라벤더, 민감한 강철, 가늘고 부드럽게 포물선을 그리며 구부러졌다.

너는 12월의 빗속에서 무엇을 하고 있나?

강철로 된 네 끝부분은 낯선 전류를 감지할 수 있을까?

네가 느낄 수 있을까, 전기가 대기에 미치는 힘을?

무슨 이상한 자석 장치 같은 것들이 그렇게 하듯이

메시지를 받고 있나? 이상한 암호로 된 어떤,

천국의 늑대처럼, 에트나산을 배회하는, 떠돌이 전기로부터

공기 속 유황의 속삭임을 받았느냐?

태양의 화학적인 억양이 들리느냐?

땅 위의 으르렁대는 물소리와 전화를 하고 있니?

그러곤 그 모든 것들을 계산하고 있는 거니?

시칠리아, 빗발치는 12월의 시칠리아

낡고 녹슨, 뒤틀린 도구마냥 가지를 뻗는, 짙은 쇳덩이

휘두르며, 대지의 차가운 날개 위로 허리를 굽히지, 먹을

수 없는 푸른

잔디가 깔린 언덕을 기어오르며!

물론 우리가 생각하는 모든 것들이 죽은 돼지나 나무처럼 계속 가만히 있는 것만은 아닙니다. 이번에는 제가 쓴 어떤 유의 괴물 생명체에 관한 시를 보죠. 저는 이 생물이 세상에 살아 존재한다는 것을 지금 막 발견했다고 상상합니다. 녀석은 자기가 무엇인지 모르고, 질문으로 가득 차 있어요. 무슨 일이 벌어지고 있는지를 알아가면서 녀석은 적잖이 당황하기도 하죠. 이것이 제가 생각한 것의 전부입니다만, 이 모든 것의 중심에는 이 생명체와 녀석의 당혹스러움이 있습니다. 제목은 「워드워 Wodwo」입니다. 워드워는 숲의 정령으로서 반

인반수입니다.

나는 무엇이지? 이곳의 냄새를 맡고, 나뭇잎을 뒤집으며
공중의 희미한 얼룩을 따라 강가로 가서
물속으로 들어가는. 나는 무엇이야? 유리 같은
물결을 가르며 위를 쳐다보면 바닥이 보여
강의 바닥이 내 위에 있어, 매우 맑아, 뒤집혔어
난 여기 이 공중에서 뭘 하는 걸까? 왜 나는
이 개구리가 몹시 재미있지? 개구리 몸속 비밀을 조사해서
완전 내 것으로 만드는 일 말이야. 이 잡초들은
나를 알고 있을까, 서로에게 내 이름을 말할까, 너희는
전에 나를 본 적이 있을까, 내가 너희들의 세계에 어울릴
까? 나는
땅에 붙어 있지 않는 것 같아, 뿌리도 없고 어디서
무심코 떨어진 것 같지도 않아, 나는
나를 붙잡아 맬 실도 없고 나는 어디든 갈 수 있고
나는 이곳에서 자유란 걸 얻은 것 같은데
그럼 난 뭐지? 그리고 있잖아, 이 썩은 그루터기에서
나무껍질 조각을 떼어내는 것은 내게 아무런

기쁨도 주지 않고 아무 소용도 없는데 그런데 나는 왜

그것을 하고 있을까, 나와 내 행위는 아주 기묘하게도 서로

일치하고 있어, 근데 나는 뭐라고 불려야 하지, 나는 최초

인가?

나한테 주인이 있을까, 나는 어떤 모양일까, 나는

어떤 모습이야, 나는 거대한가? 만약 내가

이 나무들을 지나 피곤해질 때까지 이 나무들을 지나

끝까지 간다면 나는 한쪽 벽에 닿는 것이고

그 순간 내가 앉아 있으면 그 모든 것들이

멈춰 나를 바라보고 나는 내가 딱 중심인 것 같기도

하지만 거기엔 모든 게 있을 거야, 그게 뭘까, 뿌리들

뿌리들 뿌리들 뿌리들 그리고 여기 또 물이 있어

다시 뭔가 엄청 이상해, 그래도 난 계속 찾아볼 거야.

이렇게 한 가지 대상에 집중하는 것이 문제를 해결하거나
생각을 확장하는 유일한 방법은 아닙니다. 어떤 대상이 '이렇
다 저렇다'라고 말하고 싶기도 하지만 생각을 전개하고 싶기
도 하죠. 이야기나 논증적 글쓰기에서는 뒷부분을 도출할 수
있는 생각도 필요합니다. 즉, 하나의 대상에 집중해 다른 대

상을 도출하고 차례차례 각각에 집중하는 것이죠.

일단 제가 이번에 설명한 방법을 익히고 난 뒤, 다음 단계를 다룰 것입니다. 지금까지 읽은 시들은 첫 단계에 속합니다. 간단한 방법이지만 초반에 얘기했듯이 배워둘 가치가 있답니다.

글쓰기 수업이 체육 수업은 아니지만, 지금까지 소개한 아이디어를 쉽게 행동으로 옮길 수 있어야 한다. 작고 단순한 대상에 집중하는 연습은 가장 주요한 정신 운동이다. 어떤 물체라도 괜찮다. 1회 5분이면 충분하고, 첫 연습은 1분으로 한다. 연습을 반복하면 효과가 빠르게 나타날 것이다.

글쓰기 연습은 다음과 같이 한다. 작고 단순한 물체에 집중한 다음, 정해진 분량, 정해진 시간 내에 대상을 묘사하는 글쓰기를 통해 자유로운 운문 형식의 글을 써본다.

서술이 자세해야 한다. 대상을 현미경처럼 세밀하고 과학적으로 다뤄보자.

이 연습의 목표는 대상을 가능한 한 모든 방면으로 확장하고 비유해보는 것이다. 물론 그렇게 하는 것만큼 중요한 일은 서술의 중심을 잘 잡고 있는 것이다. 처음엔 좀 더디게 진행될지 몰라도, 일단 객관적 현실과 자신의 서술 사이의 연관성을 이해하고 나면 흥미진진하게 몰입하게 될 것이다.

이 과제를 집중적으로 시간을 두고 계속해나갈 여건이 된다면, 같은 대상을 반복적으로, 날을 달리하여 4회에서 5회 정도 실행해본다.

모기|Mosquito

D. H. 로런스 D. H. Lawrence

언제부터 그런 기술을 구사하셨지,
무슈?

그렇게 긴 다리로 뭐든 버티겠어?
그렇게 갈래갈래 찢어진 긴 다리로,
뭐 그렇게 기고만장해?

그건 네 무게 중심을 위로 들어 올려서
나한테 착륙할 때 공기처럼 가볍게
무게 없이 서기 위한 건가, 이 유령아?

한 여인이 너를 날개 달린 승리자라고 부르는 걸 들었어
게으른 베니스에서 말야.
넌 머리를 꼬리로 돌리며, 미소를 지었지.

물러터진 시체에서 나온
반투명의 유령 누더기 안에다가
어쩜 그런 잔악함을 심을 수 있지?

이상해, 그 얇은 날개랑 흐느적거리는 다리로,
어떻게 왜가리나 흐릿한 공기 덩어리처럼 항해할 수 있지,
아무것도 아닌 게.

그런데 무슨 후광이 널 감싸고 있네;
살금살금 돌아다니며, 나를 무력하게 만드는, 네 사악하고
작은 후광.
그게 네 속임수야, 네 더러운 마법 말이야:
네 쪽으로 끌리는 내 주의력을 죽여버리는
보이지 않는, 마취하는 힘.

하지만 난 이제 네 수법을 알아, 이 줄무늬 마법사야.
이상하지, 어떻게 허공을 활보하고 배회하는지
원을 그리며 도망 다니면서, 나를 포위하는지,
날아다니는 송장 귀신아
날개 달린 승려자.

내려앉아서, 그 얇고 긴 정강이로 서서
나를 곁눈질하고, 내가 경계하는 것을 교활하게 의식하는,
너 이 작은 티끌아.

난 싫어, 내 적대감을 읽고
공중으로 비스듬히 휘청거리며 기어가는 너.

자, 그럼 우리 아무 견제 없이 놀자,
그리고 봐, 누가 이 멍청한 허세 게임에서 이기는지.
사람인지 모기인지.

넌 내가 존재한다는 것을 모르고, 난 네가 존재하는 것을
몰라.

그럼 시작이다!

이번엔 네 패구나,
징그럽고 한심한 패로군,
혐오감으로 내 피를 뒤흔들어놓는,
너 이 뾰족한 악마야:
네놈의 작고, 높고, 증오스러운 나팔 소리가 귓가에 들린다.

왜 그러는 거니?
그건 확실히 좋지 않은 수야.
이젠 도리가 없대.

뭐 그렇다고 하면, 난 무죄추정의 원칙을 믿어볼까.
그런데 놀라운 함성이 들리네,
네가 내 머리 가죽을 잡아채는 승리의 함성이.

피, 붉은 피
초마술적인
금지된 술.

나는 네가 서 있는 것을 본다
잠시 동안 망각 속에 빠져 경련하는,
기분 나쁜 황홀감에 빠져
살아 있는 피를 빠네,
내 피를.

어떤 침묵, 어떤, 어떤 멈춰 선 도취,
어떤 게걸스러움,
어떤 불법의 외설.

너는 비틀거린다,
당연히 그러겠지.
너의 저주받은 털투성이 허약함,
헤아릴 수 없다는 것이, 무게가 없다는 것이
너를 구원한다, 내 분노가 너를 낚아채기 위해 만든
바람이 너를 날려 보낸다.

조롱 섞인 승리의 찬가와 함께,
너 날개 달린 핏방울아.

내가 너를 따라잡을 수 있을까?

넌 나한테 너무 벅찬 상대일까?

날개 달린 승리자?

나는 모기를 능가하는 모기가 아닌 걸까?

이상해, 너는 희미한 상처만 남겼을 뿐인데

빨린 피가 얼마나 큰 얼룩을 만들었는가!

이상해, 얼마나 희미한, 번지는 어둠 속으로 넌 사라졌지!

나의 고양이 제프리 My Cat Jeoffry

크리스토퍼 스마트 Christopher Smart

왜냐하면 나는 내 고양이 제프리를 주시하고 있기에.

왜냐하면 제프리는 살아 계신 하느님의 종이고, 매일 마땅히 그를 섬기고 있기에.

왜냐하면 동쪽의 영광스러운 신의 첫 후광이 비칠 때 제프리는 그의 방식으로 예배를 드리기에.

왜냐하면 제프리는 자신의 몸을 우아하고 재빠르게 일곱

바퀴 회전시켜서 예배를 수행하기에.

왜냐하면 제프리가 다음 순간, 기도에 대한 신의 은총, 사향쥐를 잡기 위해 벌떡 일어나기에.

왜냐하면 제프리는 빙글빙글 뒹굴며 장난삼아 거사를 치르기에.

왜냐하면 의무를 마치고, 은총을 받은 다음, 제프리는 자신에 대해 고찰하기 시작하기에.

왜냐하면 제프리는 이를 열 가지 단계에 걸쳐 수행하기에.

왜냐하면 첫째 제프리는 앞발이 깨끗한지 살펴보기에.

왜냐하면 둘째 제프리는 뒷발을 차서 거길 깨끗하게 만들고자 하기에.

왜냐하면 셋째 그는 앞발을 뻗은 상태에서 스트레칭을 하기에.

왜냐하면 넷째 나무에 발톱을 긁어서 날카롭게 하기에.

왜냐하면 다섯째 제프리가 스스로 몸을 씻기에.

왜냐하면 여섯째 씻기 위해 몸을 뒹굴기에.

왜냐하면 일곱째 제프리는 박박 닦아내지, 사냥하는 도중에 방해받지 않기 위해서.

왜냐하면 여덟째 기둥에 몸을 비벼대고 있기에.

왜냐하면 아홉째 지시를 받기 위해 올려다보기에.

왜냐하면 열째 제프리는 먹이를 찾아다니기에.

왜냐하면 신과 자기 자신에 대해 성찰한 다음, 제프리는 그의 이웃들에 대해 성찰할 것이기에.

왜냐하면 제프리가 다른 고양이를 만나게 된다면 그는 그녀에게 친절히 입을 맞출 것이기에.

왜냐하면 제프리가 먹이를 잡으면 제프리는 그것에게 기회를 주기 위해 장난을 치기에.

왜냐하면 제프리가 꾸물거리는 동안, 쥐 한 마리가 일곱 번이나 도망을 쳤기에.

왜냐하면 낮의 일과가 끝나면 그의 업무가 본격적으로 시작되기에.

왜냐하면 제프리는 밤에 하느님이 악마를 감시하는 것을 보좌하기에.

왜냐하면 제프리가 전기가 흐르는 피부와 이글거리는 두 눈으로 어둠의 힘에 대항하기에.

왜냐하면 제프리가 삶에 대한 명랑함으로 죽음의 악마에 대항하기에.

왜냐하면 아침 기도 시간에 태양이 제프리를 사랑하고 제프리도 태양을 사랑하기에.

왜냐하면 제프리가 호랑이의 족속이기에.

왜냐하면 천사 고양이는 천사 호랑이와 같은 말이기에.

왜냐하면 그가 자신이 가진 영리함과 뱀의 쉿 소리를, 선량함 속에 억누르고 있기에.

왜냐하면 제프리를 잘 먹이기만 하면, 도발하기 위해 성내지도 않고, 파괴하지도 않을 것이기에.

왜냐하면 신이 그가 훌륭한 고양이라고 말할 때, 제프리는 고마움으로 가르랑거리기 때문에.

왜냐하면 제프리는 아이들이 자비심을 배울 수 있는 본보기이기에.

왜냐하면 제프리가 없으면 모든 집이 불완전하고 마음에 축복이 부족하기에.

왜냐하면 주께서 모세에게 이스라엘의 자손을 이집트에서 떠나게 할 때, 고양이들을 보살피라고 명하셨기에.

왜냐하면 모든 가족이 최소한 한 마리의 고양이는 가방 안에 넣어 갔기에.

왜냐하면 영국 고양이들이 유럽에서 으뜸이기에.

왜냐하면 제프리는 다른 네발짐승 중에서도 앞발을 제일

깨끗하게 사용하기에.

왜냐하면 제프리의 방어 솜씨는 신이 그를 엄청나게 사랑한다는 증거이기에.

왜냐하면 제프리가 다른 모든 피조물들 가운데서도 가장 빠르게 영역을 표시하기에.

왜냐하면 그가 자신의 영역을 집요하게 사수하기에.

왜냐하면 제프리가 진지함과 우스꽝스러움이 뒤섞인 존재이기에.

왜냐하면 제프리는 하느님이 자신의 구세주임을 알고 있기에.

왜냐하면 휴식 시간 제프리의 평화보다 더 달콤한 것은 없기에.

왜냐하면 제프리가 움직일 때 그의 삶보다 더 활기찬 것은 없기에.

왜냐하면 제프리는 하느님의 가난한 자들 중 하나이고 그래서 그는 영원히 자비심에 의해 이렇게 불릴 것이기에—불쌍한 제프리! 불쌍한 제프리! 쥐가 네 목덜미를 물어뜯다니.

왜냐하면 내가 주 예수 그리스도의 이름으로 제프리의 상처가 나을 것을 기도하기에.

왜냐하면 성령은 제프리를 완전한 고양이로 살아가게 하기 위해 그의 육신에 나타나기에.

왜냐하면 제프리의 혀는 깨끗함을 넘어 음악이 요구하는 순수함을 가지고 있기에.

왜냐하면 제프러는 유순하고 어떤 것을 확실히 배울 수 있기에.

왜냐하면 그는 인정을 받을 때까지 인내심을 가지고 진지하게 행동할 수 있기에.

왜냐하면 제프리는 근무를 하면서 참을성 있게, 물건을 옮기거나 가지고 올 수 있기에.

왜냐하면 제프리가 인내심을 가지고 막대기를 뛰어넘을 수 있다는 것은 그의 완벽함에 대한 증거이기에.

왜냐하면 움직이라는 명령에도 제프리는 대자로 누워버릴 수 있기에.

왜냐하면 제프리는 높은 곳에서도 주인의 품으로 뛰어들 수 있기에.

왜냐하면 제프리는 코르크 마개를 받아 다시 던질 수 있기에.

왜냐하면 제프리는 위선자와 구두쇠에게 미움을 받기에.

왜냐하면 위선자는 탄로 날 것을 두려워하고

구두쇠는 대가를 두려워하기에.

왜냐하면 제프리는 뭔가를 처음 받아들일 때면 등을 낙타처럼 만들기에.

왜냐하면 만약 사람이 자신을 깔끔한 사람으로 표현하고자 한다면, 제프리가 제격이기에.

왜냐하면 그는 이집트에서 뛰어난 일꾼으로 유명했기에.

왜냐하면 그는 아주 유해한 이크뉴먼 쥐를 죽였기에.

왜냐하면 제프리의 귀는 너무 예민해서 따갑게 다시 울리기에.

왜냐하면 그래서 제프러의 주의력은 빠르게 반응하기에.

왜냐하면 제프리를 쓰다듬을 때 내가 전기를 발견했기에.

왜냐하면 내가 제프리에게서 하느님의 빛이 밀랍과 불꽃임을 깨달았기에.

왜냐하면 전깃불은 영적인 것으로서, 하느님께서 인간과 짐승의 몸을 지탱하기 위해 천상으로부터 내려주시는 것이기에.

왜냐하면 신은 제프리의 움직임들을 축복하셨기에.

왜냐하면, 제프리는 날 수 없지만, 뛰어난 등반가이기에.

왜냐하면 지상에서의 제프리의 움직임은 다른 어떤 네발

짐승들을 능가하기에.

왜냐하면 제프리는 모든 음악의 박자를 디딜 수 있기에.

왜냐하면 제프리는 살기 위해 헤엄을 칠 수 있기에.

왜냐하면 제프리는 살금살금.

검은 새를 바라보는 열세 가지 방법

Thirteen Ways of Looking at a Blackbird

월리스 스티븐스 Wallace Stevens

I

눈 덮인 스무 개의 산 가운데

움직이는 단 하나의 것은

검은 새의 눈동자뿐.

II

난 세 가지 마음을 품었지,

나무에 있는

세 마리 검은 새처럼.

III

검은 새가 가을바람 속을 빙빙 돌았다.
그건 팬터마임극의 일부분이었다.

IV

남자와 여자는
하나다.
남자와 여자와 검은 새는
하나다.

V

어느 것을 더 좋아해야 할지 모르겠어,
억양의 아름다움인지
암시의 아름다움인지,
검은 새가 휘파람을 불고 있거나
지금 막 불었다.

VI

고드름이 긴 창문을

거친 유리로 가득 채웠다.

검은 새의 그림자가

창문을 가로지르고, 왔다 갔다 했다.

기분은

그림자 속에서

해석되지 않는 이유를 따라갔다.

VII

오 해덤의 가냘픈 자들아,

어찌하여 황금 새를 상상하고 있느냐.

여인들의 발치를

걸어 다니는

이 검은 새가 보이지 않느냐?

VIII

나는 고상한 억양을 안다

명쾌하고, 피할 수 없는 리듬을:

그러나 나는 이 또한 알고 있다,

내가 아는 것들 가운데

검은 새가 속해 있음을.

IX

검은 새가 시야에서 사라졌을 때,

그것은 수많은 원들 중 하나의

가장자리가 되었다.

X

푸른빛을 받으며 날아가는

검은 새의 모습

목소리 좋은 뚜쟁이들조차도

치찰음 섞인 함성을 지를 것이다.

XI

그는 유리 마차를 타고

코네티컷을 지나고 있었다.

한번은, 공포가 그에게 스며들었다,

그건 그의 착각이었다

마차에 실린 장신구의 그림자를

검은 새로 본 것이었다.

XII

강물이 움직이고 있다.

틀림없이 검은 새가 날고 있었다.

XIII

오후 중 저녁때였다.

눈이 내리고 있었고

계속 내릴 예정어었다.

검은 새는

삼나무 가지에 앉아 있었다.

부엉이Owl

조지 맥베스George Macbeth

는 제일 좋아하는 것. 날아가지,

밤새 아무것도 아닌 것처럼

누, 누구, 하면서. 녀석의 깃털은

둥글게 둥글게, 무성한 구석을 털어댄다

쥐구멍의 쥐를. 두 번

너는 그를 부르는 소리를 듣는다. 누가

그를 찾고 있을까? 너는 듣는다

그가 숲 위를 맴도는 것을. 오 당신은

돌진하는 두개골에 달린

황금 고리가 되겠는가

그럴 수 있다면 그러겠는가? 부엉이는

겨울의 햇볕에 취약한 것처럼, 복면을 쓴 것처럼

보인다. 어둠 속의

나무껍질 같다. 둥근 부리는

뼈나 털로 만들어진 둥지에서 일한다,

휴식을 취하며. 부엉이는

헛간 속의 눈이다. 나무의 몸통에

구멍이 난 것은 부엉이의 피

때문이다. 앙상한 털에

검은 발톱! 호두처럼 생긴 차가운 손이

머리통을 만진다! 병아리들을

다스리는 부엉이는 마치

신처럼 행차한다.

비가 방울방울

분홍색 눈을 찌른다,

괴롭힌다. 오늘 치 식사를 위해

황야로, 날아가서, 죽였다. 여섯 개의

둥근 입들이 이번 계절의

그가 만든 종자. 하늘로부터

찢어져 나온 고기. 부엉이는

머리로부터 솟은 발톱으로 산다. 가지 위에서

부엉이의 뒷모습은 잔가지를

움켜쥔 그의 손.

살갗에 바람이 분다. 뼛속까지

내리는 비. 하루처럼

부엉이는 중단한다. 나는 부엉, 부엉이는 나.

다섯째 날.

풍경에 대한 글쓰기

작품 목록

풍경에 사로잡힌 사람들

해변 선베드에 앉아 있는 사람들은 무엇을 보고 있을까요? 사람들은 바다를 봅니다. 그런데 바다는 바다일 뿐이죠. 바다가 어떻게 생겼는지는 다들 잘 알고 있습니다. 바다를 보기 위해서 200마일이나 여행할 필요가 없다는 거죠. 바다가 그 자리에 그대로 있는지 확인하러 갈 필요도 없습니다. 바다는 어디로도 가지 못할 테니까요.

그렇다면 사람들은 바다를 쳐다보면서 뭘 하는 것일까요?

그게 답니다. 바다를 보는 것이요. 사람들은 토론을 하는 것도 아니고, 복잡한 계산을 하는 것도 아니고, 괴물이 등장하기를 기다리는 것도 아닙니다. 가서 뭘 하러 왔느냐고 물어보면 아마 이렇게 대답하겠죠. "바다 보러 왔지, 뭐 하러 왔겠어요?"

뭐, "햇볕 쬐러 나왔어요"라고 말할 사람들도 있겠습니다만 그 답이 진짜일 리는 없죠. 햇볕을 쏘이려고 바다까지 올 필요는 없으니까요. 그냥 집 앞에도 햇볕은 있잖아요? 햇볕을 쐬러 왔다는 사람들도 첫째, 바다를 보러 온 김에, 둘째, 일광욕도 하고, 셋째, 사람 구경도 좀 하겠죠.

이 말이 의심스러우면 비가 올 때까지 기다려보십시오. 빗방울이 바다에 흩뿌려지고 해변에 물보라가 일면, 사람들은 차에 타고 바다가 보이는 주차장에서 빗물이 들어오지 않게 창을 올리고는, 라디오를 켤 것입니다. 그리고 샌드위치를 먹으면서 자동차 앞 유리로 바다를 쳐다보겠죠.

사람들은 바다에서 무엇을 보는 걸까요? 답하기 쉬운 질문은 아닙니다.

수평선을 따라 증기선의 연기가 보일 때마다 호들갑을 떨긴 하겠지만, 배를 찾는 것은 아닙니다. 거대한 해일을 기다리는 것도 아닙니다. 그랬다간 모두 휩쓸려버릴 테니까요. 사람들은 무엇을 보고 있는지 모릅니다. 그저 자석에 달라붙듯이 바닷가에 이끌리는 것입니다. 바다를 보는 게 그냥 좋은 거죠.

사람들은 다른 멋진 경치에도 비슷한 반응을 보입니다. 어딘가에 물이 있으면 더 좋겠지만 크게 상관이 있지는 않습니다. 차를 타고 가다가 갑자기 어떤 풍광이 펼쳐질 때, 넓은 계곡과 강이 나타나거나 굽이굽이 이어진 산등성이 보일 때, 차에 탄 모두가 감탄한 경험이 있을 것입니다. "카, 저기 좀 봐!" 이렇게 경치 좋은 곳이면 어김없이 잠시 차를 세울 수 있는 구역이 마련되어 있거나, 간식 트럭이 세워져 있기도 합니다. 아름다운 풍경을 사랑하는 모든 사람을 위해서 말이죠. 자동차나 버스에서 내려 사진을 찍기도 하고요.

우리는 모두 풍경화에 익숙합니다. 초상화 다음으로 가장 익숙한 그림일 것입니다. 사람 먼저, 그다음엔 풍경이죠. 도대체 어떤 매력이 있기에 우리는 이토록 풍경에 사로잡히고, 위대한 화가들은 풍경의 본질을 포착하여 화폭에 옮겨내는 데 일생을 바쳤을까요? 그리고 그 평범한 풍경, 심지어는 흐릿한 풍경을 거실 벽에 걸어놓고자 그 많은 돈을 지불할까요? 마치 거실 한쪽 벽에 커네마라의 황량한 자연, 야생 오리가 있는 웅덩이, 소들이 있는 들판으로 창문이라도 뚫을 듯이 말입니다.

우리 모두가 비밀리에 전원 풍경과 사랑에 빠진 것은 아니겠죠! 아니, 아마 맞을 겁니다. 풀과 나무를 사랑하지 않는다고 말할 사람은 없으니까요. 풀과 나무들 너머 멀리에 놓인 집 한 채, 그 집은 오두막이나 작은 성 같은 시골집이어야 할 거예요. 기차를 타면 칸마다 풍경화가 네 점씩 걸려 있습니다. 양 옆으로 난 거대한 창문으로 보이는 모든 것이 풍경이고, 승객들이 창밖만 쳐다보는데도요. 풍경에 대한 어떤 열병 같은 것은 아닐까요? 그 풍경화 네 점은 기차가 도시로 들어섰을 때, 누구에게도 속하지 않는 건물들 사이를 지날 때 쳐다보라고 걸어놓은 걸까요? 그럼에도 불구하고 네 점이나 있는 이유는 무엇일까요? 두 점만 있어도 충분할 것 같은데요.

어찌 됐든 우리는 아름다운 명소를 좋아합니다. 이런 곳을 명승지라고 부르는 것만 봐도 알 수 있죠. 좋아하지 않는다면, 그건 사람 많은 곳을 좋아하지 않기 때문일 것입니다. 그래서 아직 유명해지지 않은 다른 아름다운 장소를 찾아가죠. 아니면 과자를 먹지 못하게 했기 때문에 밥도 먹지 않겠다고 하는 아이들처럼, 그저 자연이 싫고 초록색이 나를 아프게 한다고 말하는 것일 수도 있습니다. 그러나 전반적으로 인간은 즉각 자연의 아름다움을 인식하고, 좋아합니다.

일반적으로 이런 명소들은 자연적으로 보일수록 더 유명합니다. 어느 정도까지는 야생적일수록 사람들이 더 좋아하는 것이죠. 풍경은 우리에게 어떤 작용을 할까요? 우리를 휴식할 수 있게 합니다. 사람들은 실제로 이런 명소들에 휴식을 취하러 옵니다. 마음을 재충전하고 회복하러 오죠. 그런데 왜 집에서 텔레비전을 보면서나 근처 공원에서는 쉬지 못하는 걸까요? 왜냐하면 그렇게는 쉬어지지가 않기 때문입니다.

이 아름다운 장소들은 우리에게 편안함과 안도감을 줍니다. 우리 마음을 그러한 상태로 만들어주죠. 자연은 한때 이 세상이었던 것에서 남아 있는 자취 같은 것이에요. 우리 조상들이 1억 5,000만 년 동안 살았던 환경으로 우리를 데려가는 것이죠. 1억 5,000만 년은 개발되지 않은 야생의 지구가 집처럼 편안히 느껴질 만큼 오랜 세월입니다. 문명은 상대적으로 새로운 것이며, 아직도 우리 신경계에는 약간의 부담으로 작용하죠. 인류가 고향이라 부를 만큼 편한 환경이 아닌 것입니다. 그래서 우리는 여전히 오래된 환경 속에서 보내는 휴가가 필요합니다. 고대의 본능과 감정이 있는 곳, 우리 몸이 편안하고 익숙하게 느낄 수 있는 곳 말입니다. 이런 장소들은 발전기처럼 작용해 우리를 충전해줍니다. 그렇다면 우리는 무엇을 충전하는 걸까요? 어떤 종류의 감정일까요? 선사 시대의 감정, 쾌감을 제외하고는 우리가 거의 인식하지 못하는 만족감 같은 것들이죠. 마치 수혈을 받는 것처럼 야생 환경에서 그 감정들이 샘솟으며 우리를 새롭게 하고 재생시킵니다. 그러한 장소를 떠올리는 것만으로 기운이 난다는 사람들도 있고요.

그리고 아마도 이것이, 우리가 이런 장소를 환기하는 그림이나 글을 보고 좋아하는 이유일 것입니다. 식물에게 물이 필수적인 것처럼 우리 건강에 중요한 감정을 우리 안에 되살려주니까요.

우리는 사진을 원하지 않는다

시인 에드워드 토머스가 한 말은 제가 의미하는 바를 꽤 분명하게 보여줍니다. 시는 아니에요. 적어도 운문 형식은 아니죠. 바다를 묘사하는 글입니다. 이른 아침에 바다를 만난 시인의 글은 제가 말하고 있는 감정을 이해하는 것처럼 보입니다. 대부분의 사람들이 바다에 보이는 독특한 반응을 잘 기술하고 있다고 생각합니다.

바다는 (…) 육지처럼 변하지도 움츠러들지도 자라지도 않았다. 태양열에 데워지지도 않았다. 바다는 사람과 동물 들을 지금의 이 모습으로 바꿔온 시간의 문밖에서 잠자고 신음하며 꼼짝도 하지 않은 채로 누워 있는 괴물이다. 실제로 그 차갑고 치명적인 요소와 그 무수한 개체들은, 마치 바다가 이해할 수 없고 지나갈 수 없는 것이었을 때의 새벽을 희미하게 느낄 수 있기라도 한 듯 소리 없이 생각에 잠긴다. 물 밖으로 나왔던 땅은 다시 아래로 내려갔다. 안개처럼 깔리는 세계의 새벽에, 죽음 외에는 모든 것이 알려지지도 확실하지도 않은 곳에서 땅은 황무지가 된다. 사람이 밟아본 적 없는 산과 숲과 늪을 내려다보며 갖게 된 생각을 머릿속에 쏟아부으며. 바다는 산과 숲과 늪이 동요하지 않는 적이었을 때의 모습 그대로여서, 그 광경이 오래된 두려움을 되살린다. 그리고 나는 그때와 꼭 같은 새벽을 기억한다. 아직 어둠일 때, 낮은 회색 하늘 아래 바람은 거세게 불어 올랐고, 가시덤불의 신음과 삐걱거리는 문과 숨을 깊이 들이마시고 높이 솟구친 밀물 가운데서 종달새가 노래했다. 갈매기가 선회하기 시작했을 때, 바람이 소용돌이 위의 거품이나 뒤섞인 눈보라처럼 떠돌 때, 아직 날이 밝기도 전이었다. 가파른 산허리의 좁은 골짜기에서 끄덕이고 입 맞추며 건넜던 고기잡이배의 돛대에서 갈매기는 방향을 돌렸다. 어두운 바다의 거품은 그들의 검은 날개깃에 군침을 삼켰다. 고깃배들 사이에, 만의 벽들 너머 보이는 회색 집들 사이에, 가파른 계단, 거대한 신의 형상을 닮은 수직 바위가 서 있는 검은 곳의 바다 문 사이에는 한 사람도 없었다. 덤불과 이끼로 뒤덮인 높은 바위는 아르메리아, 벌노랑이, 달맞이장구채, 작은 야생화로 가득했다. 바다는 솟아올랐다. 몰아치진 않지만, 솟구치는 파도, 느린 무채색 새벽 속에서 어둡고 차가운, 어둡고 차갑고 끝이 없는 바다였다. 바다의 가장자리에 땅은 무릎을 꿇고, 신들에게 작고 가벼운 새의 노래와 흰색 금색 작은 꽃들의 아름다움을 바쳤다. 무서웠다. 그러나 그 바다는 더 무서웠다.

이 부분이 강력하게 느껴지는 것은 종달새, 문, 고기잡이배, 갈매기, 작은 꽃 등에 대한 기묘한 설명 때문입니다. 거대하고, 죽은, 어두운 바다와 반대되는 작은 생명체들이죠. 적어도 저에게는 그렇게 느껴지는군요.

그리고 이것이, 풍경이 우리에게 가치를 지니는 이유입니다. 단순히 자연이 존재한다는 사실이 아니라 그 자연적인 요소들과 살아 있는 것 사이의 만남, 인간과의 만남 때문이죠.

인간 감정의 존재, 풍경으로 인해 비로소 의식하게 되는 감정들 말이에요. 이 문장을 보세요. '1,500에이커, 넓은 공원과 너도밤나무 숲, 넓은 호수와 칠턴 전망' 이 문장이 어떤 의미를 가집니까? 거의 아무런 의미도 가지지 못하죠. 못 쓴 광고 문구처럼 들립니다. 그러나 그 1,500에이커가 영국의 예술가 윌리엄 터너의 그림으로 표현된다면 결코 잊지 못할 장소가 될 것입니다. 그는 강력하고 풍부한 감성 렌즈를 통해 우리에게 풍경을 보여주니까요.

물론 말로 풍경을 묘사하기는 꽤 어렵습니다. 즉석 수채화로 완성할 수 있을 만큼 좁은 공간이라도 말로 옮기려면 끝이 없습니다. 그러나 말은 감정을 표현할 수 있죠. 예를 들어 다음 작품에서 얼마나 생생하게 풍경을 떠올릴 수 있는지 한번 봅시다. 「버지니아Virginia」라는 시입니다. 북아메리카 미국의 남부에 있는 주이죠. T. S. 엘리엇의 시입니다.

붉은 강, 붉은 강,
천천히 흐르는 열기는 고요하다
어떤 의지도 고요할 수 없다, 강이
고요한 만큼은. 열기는 오직

흉내지빠귀를 통해서만

움직일까? 언덕들은 아직도

기다린다. 문들은 기다린다. 자줏빛 나무들,

하얀 나무들, 기다린다, 기다린다,

지연, 쇠퇴. 살아 있는, 살아 있는,

절대 움직이지 않는. 어떤 날엔 움직이는

강인한 생각들이 나를 따라 왔고

그리하여 나와 함께 간다:

붉은 강, 강, 강.

저와 비슷하게 읽었다면 시에서 나온 장소에 대해 강렬하고도 생생한 느낌을 받았을 것입니다. 그림으로 그려볼 수 있을 정도로요. 그럼에도 한번 따져보도록 합시다. 이 시는 무엇을 묘사하고 있나요? 자줏빛 나무는 하얀 나무 가까이에 있었나요? 그 문은 정원 문일까요, 사립문일까요? 문은 나무 근처에 있나요, 강 근처에 있나요? 이 풍경에는 집이 있을까요, 없을까요? 나무들은 강 옆에 있나요? 아니면 언덕에? 시는 말해주지 않습니다. 그럼 어떻게 이렇게 강렬한 풍경을 만들 수 있을까요? 이 시는 강렬하고 생생한 느낌을 만듦으로 써 생생한 풍경을 만듭니다. 시에서 묘사하는 것은 느림의 감각입니다. 지배적인 고요함과 함께 일시 정지된 시간, 더위와 건조함과 피로, 뜨거운 오후에 천둥과 번개가 몰려올 것 같은 압박감이 느껴지는 위험을 안고 있는 버려진 남부의 게으른 날. 모든 문구가 천천히 에둘러 진행 중에 있습니다. 더위 먹은 땅을 서서히 가로지르는 강물이 자신을 직접 묘사하고 있다고 생각해보는 것도 이 시를 이해하기에 좋은 방법이 될 것 같습니다. 언덕들, 문들, 하얀 나무들, 자줏빛 나무들, 그들은 모두 지나갑니다. 강 표면에 반사된 풍경들처럼, 움직이지만 잠잠하게, 아래에서 강은 천천히 여행하고 있습니다.

> … 절대 움직이지 않는. 어떤 날엔 움직이는
> 강인한 생각들이 나를 따라 왔고
> 그리하여 나와 함께 간다: …

이 다음 시에는 우리가 직접적인 묘사라고 부를만한 것이 훨씬 더 많이 나옵니다. 생생한 디테일은 모두 한 가지 대상을 목표로 한 장면에 뚜렷하게 초점을 맞춥니다. 모든 어둠과 광채, 황량하고 적막한 곳을 비추는 상쾌하고 화창한 것들 말이죠. 시에 나오는 전형적인 아름다운 풍경과 가장 비슷한 장소입니다. 정말 깨끗하고 아름다운 곳이라서 저는 실제로 아름다운 풍경을 마주할 때마다 이런 생각을 하게 됩니다. '인버스네이드와 거의 비슷하군.'「인버스네이드Invernaid」는 제라드 맨리 홉킨스Gerard Manley Hopkins 시의 제목입니다.

이 시꺼먼 개울, 낮게 솟은 갈색 등성이,
롤록 대로는 굉음을 내며 무너지고,
닭장에서, 산마루에서 거품의 보들보들한 털이
피리 같은 소리를 내며 호수 낮은 곳으로 떨어져 내린다.

물 위에 돛처럼 떠다니는 안개 거품
꼬불꼬불 점점 줄어드네, 시커먼 웅덩이의
걸쭉함 위에서, 얼굴을 찡그리는,
그것은 돌고 돌다가 절망에 차 익사한다.

이슬로 정화된, 이슬로 얼룩진
굽이굽이 시냇물이 밟고 지나가는 언덕의 옆모습,
희끗희끗한 야생화 무리, 양치류 덩어리,

개울을 덮고 있는 구슬처럼 예쁜 물푸레나무.

습기와 야생성이 부족하다면, 세상은
무엇이 될까? 그들을 내버려둬라,
오 그들을 내버려둬, 야생과 습기를;
잡초와 황무지가 오래오래 살아가도록.

이러한 시는 어떤 면에서는 실제 경치보다 더 낫다는 데
의의가 있습니다. 실제로 우리가 어떤 곳에 있을 때 우리를
혼란스럽게 하고 순식간에 사라져버리는 감정은, 시에서 집
중되고 정화되고 강화됩니다. 눈에 띄는 장면을 볼 때, 어떤
공간에서 독특한 분위기를 느낄 때, 시를 쓰고 싶은 충동을
느끼는 사람들이 흔히 있습니다. 그들은 어떤 방식으로든 그
느낌을 포착하려는 강한 열망을 갖고 있으며, 그 안에서 본질
적인 것을 포착해 뽑아내고, 그것을 느끼고 그 안의 기쁨을
파악하고 싶어 하죠. 풍경으로 이렇게 하기는 어렵습니다. 풍
경은 너무 많은 디테일을 포함하고 있기 때문에 우리에게 너
무 많은 흔적을 남기고 우리는 거기에 압도되기 쉽습니다. 그
러나 우리가 원하는 것은 우리의 인간적 흥분, 우리의 깊은

감정을 여는 몇 가지 핵심적인 것들이죠. 우리는 사진을 원하지 않습니다. 우리는 정확한 음악이 담긴 영화를 원합니다. 음악이 가장 중요하죠.

이다음 시에는 시각적 묘사가 훨씬 더 많습니다. 각각의 이미지는 두 가지 작업을 수행합니다. 카메라 숏처럼 한 장면의 디테일을 투영하고, 동시에 그 장면에 대해 느껴야 하는 방식을 규정해줍니다. 영화에서 음악이 화면보다 훨씬 강하게 우리의 감정에 영향을 주는 것처럼 말이죠. 물론 화면이 없다면 우리는 아마 음악에 거의 관심을 기울이지 않을 것이고, 음악이 없으면 화면은 우리를 감동시키기는커녕 우리의 주의를 집중시키기도 힘들 것입니다. 이 시는 웨스트요크셔의 워더링 하이츠에서 해 질 녘 황야를 걷는 것에 대한 묘사입니다. 황무지에 대한 묘사가 아니라 황무지를 걸으면서 느끼는 것에 대한 묘사랍니다. 미국 시인 실비아 플라스Sylvia Plath의 시 「워더링 하이츠Wuthering Heights」입니다.

수평선이 나를 둘러싸네, 기울어지고
이질적이고, 항상 불안정한 장작 다발처럼.
성냥이 닿으면, 수평선은 나를 따뜻하게 해줄 거야,

그리고 그들의 고운 선은 빛날 거야

대기가 주황색으로 변할 거야

멀리서 지평선의 중심이 증발하기 전에,

창백한 하늘은 탁한 색깔과 함께 무거워질 거야.

내가 다가서면 마치 줄줄이 약속이라도 한 듯이

수평선은 사라질 뿐이야.

여기엔 양의 심장이나 풀잎 끝보다

키가 큰 생명체가 하나도 없어, 그리고 바람은

운명처럼 마구 쏟아지지, 구부러지고

모든 것이 한 방향이야.

난 느낄 수 있어, 바람이 애쓰고 있어

내 열기를 식히려고 해.

만약 내가 히스 뿌리에 세심히

주의를 기울인다면, 뿌리들은 나를 초대해

자기들 사이에서 내 뼈를 희석시키려 하겠지.

양들은 자기들이 어디에 있는지 알고 있지,

날씨처럼 회색빛인,

그 더러운 양털 구름 속을 뒤지며,
눈동자의 그 검은 구멍으로 나를 이끄네.
그건 공간으로 전송되고 있는,
하찮고 어리석은 소식.
양들은 할머니처럼 변장하고 서 있어,
곱슬거리는 가발 그리고 노란 이를 하고
매섭고, 냉정하게 음매애.

나는 바퀴 자국과 내 손가락 사이를
빠져나가는 고독처럼 맑은
물에 다가가.
텅 빈 층계는 잡초로 시작해, 잡초로;
창틀과 문틀은 경첩이 떼어져 있어.
사람 사이에서 오직 공기만이
이상한 음절 몇 개를 기억하고 있네.
공기는 그 음절들을 신음하듯 암송하지:
검은 돌, 검은 돌.

하늘은 내게 기대네, 수평선들 가운데

유일하게 똑바로 서 있는 내게.

풀은 미친 듯이 머리를 부딪치고 있어.

너무 미묘해

평생 그런 무리 속에서;

어둠이 그것을 두렵게 해.

이제, 지갑처럼 좁고

어두운 계곡에서, 집에서 흘러나오는 빛은

작은 변화처럼 반짝인다.

앞에 인용된 시는 풍경에 대한 글쓰기의 길잡
이가 되어줄 것이지만, 이 시들처럼 객관적으로 풍경을 묘사
하기는 쉽지 않다. 내 경험상 가장 생산적인 방법은 자신이
경험한 것을 독백으로 써보는 것이다. 자기 자신에게도, 읽는
사람에게도 더 보람 있는 글쓰기가 될 것이다. 자신에게 친숙
한 것보다 이상하거나 극단적인 풍경에 관해 쓰는 사람도 있
을 것이다. 어떤 것들은 멀리 떨어져 있을 때야말로 쓸 수 있
는 것이 되기도 한다. 즉, 사막이나 대초원, 남극, 달 등에 대
한 글쓰기가 오히려 자신의 방에서 내다보이는 것처럼 쉬울
수도 있다.

학생들에게 제시했을 때 꽤 괜찮은 글이 나왔던 일곱 가지
주제를 소개한다. 훑어보면 세부 사항이 분명하고 특별해야
함을 알게 될 것이다.

1. 나는 거대한 문어입니다. 해일 때문에 엉뚱한 바다로
   잘못 옮겨졌습니다. 너무 추워요. 나는 해저에서 집으

로 가는 길을 찾고 있습니다.

2. 나는 멀리 남부 대서양의 한 섬에 사는 은둔자 혹은 조난자입니다. 나는 그저 먹을 것을 찾고 있습니다.

3. 나는 우주 공간에서 온 생물입니다. 바다 근처에 착륙했습니다. 헤드쿼터에 보낼 보고서를 작성하고 있습니다.

4. 나는 아마존입니다.

5. 이 망원경을 통해 보이는 것이 무엇입니까?

6. 나는 눈이 보이지 않습니다. 딱 한 번, 단 5분 동안 눈이 보이게 됐습니다. 내가 본 것은….

7. 나는 개들에게 쫓기고 있는 탈옥수입니다.

섬으로의 항해 Sailing to an Island

리처드 머피Richard Murphy

내 무릎 위의 돛을 들어 올리고, 배를

띄우고, 군중이, 파도가, 작별 인사를 하네,

인사하네, 내 볼에 키스하며 거부하며, 키스하며,

갈고리는 좌우로 흔들리며 선을 그리고,

무한한 하늘을 지도에 잘라놓고, 돛대는

헤아릴 수 없는 푸르름을 여덟 번 또 여덟 번

가로지르고, 선원들은 노래하거나 잔다.

우리는 온종일 우리가 고른 섬을 향하고 있지,

클레어 섬, 자줏빛의 험한 바위산으로 전설적인;

그곳 성 아래의 정열적인 오맬리 가문,

해적 여왕 그라누엘의 딸들은,

나팔총과 함께 터키인들을 침략하며,

붉은 머리를 빗질하고 가축을 몰고 있다네.

아래쪽으로 경사진 대서양 큰 파도를 가로지르며

태양의 물총새 낚싯대로 각을 수직으로 맞추며,

우리는 바다와, 대지와 암초들 사이에서 위치를 정해

항해하지, 심술궂은 신화의 흉악한 여검사들은

경건한 마음으로 수녀원에 기부했다지.

일곱 시간 동안 우리는 바람과 파도와 싸우며,

전진하고 후퇴하며, 앞으로 나아가지 못한다.

북풍이 우리 입에 재갈처럼 꽂힌다.

신기루에 빠져, 물 위에 김이 서리고,

우리는 막연히 흉측한 바위가 들쭉날쭉한 해안선을 따라

항해하지, 가마우지들의 성체를, 거미가

집을 짓는 화산을, 마녀와 흰 파도가 곤두선 연옥을.

우리가 돌진하자 미풍은 천천히 거세지고:

우리와 육지 사이에는 바다 언덕이 있다네,

섬의 항구와 우리의 희망 사이에.

아이 하나가 토한다. 배는 밧줄을 풀고 맞선다.

갈매기 벼랑에는 피난처가 없어.

우리는 멀리, 멀리 나아간다: 선체는 끔찍해지고,

스페어는 갈라지고, 밧줄은 다 해지고,

우리의 조타수는 경박하게 웃네.

미친 여주인의 음탕한 얼굴 앞에서

목숨을 구걸할 자들 누구인가?

휴가철 옷차림을 한 우리는 알고 있지

이 배가 클레건호 참사 때 죽은 선원들을

해변에 뿜어냈던 그 배라는 것을.

이제 배는 가라앉고 있고, 돛은 물을 때린다.

배는 돌풍 속으로 들썩거렸고; 부딪쳤고; 몸서리쳤다.

누가 소리쳤다. 가위처럼 약한, 돛대가,

딱 하고 부러지고, 선원은 기도하고 있다.

천둥과 포성이 울려 퍼진다.

배는 물보라에 휩싸인다. 아직 돛대 하나가 남았다;

노로 활대를 만든다. 나는 낚싯줄을

끊어 만든 끈으로 지브를 고정하라는 명령을 받았다.

로프가 내 뺨을 때린다. 늦춰! 속도를 끝까지 늦춰;

배는 바람 부는 쪽으로 몸을 돌리고, 우린 안전하게 배를

움직인다.

난간 위로 클레어 섬의 꿈이 씻겨 나가고,

폭풍우를 뒤로하고 우리는 우리를 이니시보핀으로 곧장

데려다주는 잠들지 않는 바다 위에 걸터앉는다.

바다가 급류를 추월하자 활대가 흔들린다.

우리는 잠도 자지 않고 노래하지도 않고 말하지도 않고,

그저 사람들이 풀을 베고 있는 땅을 바라보지.

우리의 어리석음을 섬사람들은 어떻게 생각할까?

휘파람을 불며 누가 시키지도 않았는데 환영하는 사람들이

평온한 둑에서 고개를 끄덕이거나 담배를 피운다.

나는 이 정중한 어부들을 질투하는 걸까

우리를 뭍으로 인도하는 그들, 그 처들이 바다에

정통하고, 어느 고약한 밤엔 아홉을

로사딜리스크에서는 바로 이 배에서 다섯을 데려간

폭풍우를 존중한다고 해서?

그들의 항구는 비바람에 보호되어 있었네. 그들은 천천히

그 이야기를 다시 꺼내지. 그들은 자신들이 손수 만든 배에

토착민다운 자긍심이 있어,

우리더러 내일 우편선으로 돌아가라고 충고한다.

하지만 오늘 밤 우리는 남아, 사람들과 술을 마시지

지루한 보트 생활에 행복한 이들,

잡은 것을 클레건 시장에 팔고,

밭을 가꾸는 사람들, 아니면 아침까지

혹은 노년까지 술에 절 만큼 풍족하게 미국에서 은퇴한 이들.

내 무릎 아래 긴 의자가 놓이고, 널빤지가

깔리고, 연기에 구분 안 되는 얼굴들과 함께

말들은 떠나간다. 떠나간다. 노인 하나가 내 팔을 움켜쥐고,

그의 취한 눈이 떨고 있다. 조용히 불쾌하게.

그는 자기 시계를 잃어버렸다고 한다. 미국 보스턴의

가스 공장 금시계를. 그는 그 회사를

비밀에 싸인 파도로, 그의 슬픔의 바다로 여긴다.

나는 밖으로 빠져나와, 돌과 쐐기풀 사이로 내려가,

오래된 나무의 마른 가지를 꺾어대지,

아코디언이 언덕 위에서 윙윙거릴 때.

뒤이어, 나는 달빛이 창을 통해 거미줄을 응시하는

방에 도달한다. 썰물이 사그라들고,

배들은 항구에 기울어져 있다. 여기 침대가 있다.

여섯째 날.

소설 쓰기 - 시작하기

작품 목록

수족관의 뚱뚱한 돌고래

우리 모두가 이야기를 합니다. 우린 우리에게 일어난 기묘한 경험담을 사람들에게 들려주곤 하죠. 말을 하면서 살아간다는 건 일반적으로 이야기 비슷한 것을 하면서 살아가는 것이라고 할 수 있어요. 우리 중 몇몇은 더 나아가 굉장히 긴 이야기를 만들거나 우리에게 무슨 일이 일어날지, 다음엔 무슨 일이 벌어질지를 상상하기도 해요. 사실 여러분은 작은 이야기들을 끊임없이 만들어내지 않고서는 살아갈 수조차 없답니다. 길을 건널 때를 볼까요? 여러분은 처음에 조금 망설입니다. 모든 것이 무사하다는 것을 확신하고 나서야 길을 건너죠. 이건 이야기들이 머릿속으로 들이닥치기 때문이에요. 자동차가 달려오고, 끼익! 브레이크를 밟고, 여러분을 피해 방향을 바꾸고, 저쪽에 있는 벽으로 튕겨 나가선 아마 세 바퀴쯤 구르고, 튕겨 나간 자동차 문에서 사람들이나 개, 기타 등

등의 것들이 쏟아지는… 이렇게 과격하고도 짧은 이야기들이 머릿속을 섬광처럼, 너무도 순식간에 지나가기에 여러분은 이를 거의 인식하지 못한 채로 잠깐 망설였다가 길을 건너게 되는 겁니다. 여러분은 여러분이 정말 원하는 것이 있을 때 어떻게 하면 그걸 얻을 수 있는지, 어떻게 그렇게 될 수 있는지에 대한 이야기를 만들거나 때때로 스스로를 자신이 만든 이야기 속에 집어넣은 채로 살아가기도 해요. 종종 이야기 속에서 길을 헤매다가 처음의 자신에게로 돌아오기도 합니다.

다들 본능적으로 그렇게 하죠. 여러분에게 천부적인 재능이 있다는 것을 상기시키기 위해 이런 얘기를 꺼내봤답니다. 제가 제안하려는 것도 이처럼 어렵게 느껴질만한 게 아니거든요. 저는 여러분이 소설을 써봤으면 해요.

알다시피 자기 생각을 능숙하게 글로 써내는 일은 아주 실용적입니다. 생각을 글로 써내는 것에 익숙해지면, 그것들은 차례차례 자발적으로 자기 자신을 드러내게 됩니다. 생각을 글로 써내는 것에 익숙하지 않다면 그것들은 자기들끼리 주위를 서성거릴 것입니다. 여러분이 앉아서 종이 위에 뭐라도 써보려 할 때 보게 되는 것은 생각의 꼬리나 머리뿐일 것이에요. 저는 작문 시험을 칠 때마다 매번 두 시간, 세 시간씩 펜이 데워질 때까지 멍하니 기다렸는데, 그러고 나면 이미 너무 늦었더라고요. 이 모든 것은 글쓰기에 열중하기만 하면 얻을 수 있는 강렬한 쾌감과는 동떨어져 있습니다.

글쓰기의 기술을 이해하기 시작하고 몇몇 까다로운 지점을 파악하기 시작할 때쯤이면 필연적으로 글을 읽어내는 일이 한층 흥미로워지죠.

또, 이렇게 말하는 걸 이상하게 여길 수 있겠지만 삶조차도 더 흥미로운 것이 된답니다. 왜냐하면 글쓰기가 우리 대부분에게 가르쳐주는 한 가지는 우리가 대상을 필요한 만큼 자세히 보고 있지 않으며 필요한 만큼 깊이 이해하고 있지 않다는 점이거든요.

예컨대 지난 크리스마스에 있었던 일에 관해 우리가 기억하는 것이 거의 없다는 것을 알게 되는 때는 아마 우리가 자리에 앉아 어떤 흥미로운 일이 있었는지를 알려주려고 글을 쓸 때뿐일 것입니다. 여러분은 사람들이 그날 무슨 옷을 입었고 정확히 어떤 일을 했는지, 무슨 말을 했는지 기억할 수 없어요. 우리 대부분은 우리에게 직접 영향을 준 일의 한두 가지 세부 사항, 그 어렴풋한 인상만을 간직하고 있을 뿐이며,

우리가 누군가에게 같은 일에 대해 설명해달라고 부탁한다 해도 그들의 기억은 우리의 기억과 모순될 가능성이 높습니다. 이건 두 사람이 한 사건의 각기 다른 측면을 봤다는 의미도 되고, 둘 다 자기 방식대로 정확히 봤다는 얘기도 됩니다. 그러나 확실한 건 우리 모두가 거의 아무것도 보지 못했으며, 한두 가지만을 보고 모든 사실을 판단했다는 점이죠. 배심원들이 배심원실에 들어갈 때 기억하는 것이 여러분이 수업을 듣고 일주일이 흘렀을 때 기억하는 딱 그만큼밖에 되지 않는다고 하면, 누가 그런 배심원들에게 유죄 선고를 받고 싶겠어요?

이 시끄럽고 바쁘고 단조로운 현대의 삶 속에서 우리는 우리에게 아무 의미도 없는 풍경과 소리들의 폭격을 받습니다. 교통 소음처럼 완전히 무의미한 것이기도 하고, 우리를 순전히 즐겁게 해줄 뿐인 텔레비전 소음이기도 하죠. 뭔가를 보든지 듣든지, 안 보든지 안 듣든지 별 상관이 없으므로 우리에게는 뭐든 대충 보고 대충 들으면서 흘려보내는 게으른 습관만 생깁니다. 다치거나 굶지만 않으면 상관없죠.

그래서 우리 대부분은 아무것에도 관심이 없고 그저 삶을 떠돌아다닙니다. 수족관의 뚱뚱한 돌고래 같아요. 거기엔 상어나 범고래가 없고, 사육사가 우리에게 필요한 모든 음식을 가져다줘요. 유리 반대편에 있는 사람들은 다른 세계에서 온 생명체들이니까 하나도 중요하지 않죠. 이게 우리 대부분이 열여덟이나 열아홉 살 정도가 될 때까지 살아가는 방식입니다. 우리를 괴롭히는 유일한 것은 지루함이죠.

상상하기, 관찰하기, 시작하기

최근에 저는 어떤 실험에 관한 보고서를 읽었습니다. 해저에서 수중 훈련을 하는 잠수함에 관한 영화를 미국 사람들과 아프리카 사람들이 섞여 있는 관객들에게 보여준 다음 본 것을 글로 써달라고 부탁했답니다. 결과가 어땠을까요?

여러분은 미국인들이 제출한 글에서 그들이 거의 아무것도 보지 못했다고 생각할 거예요. 물론 그들은 움직이는 잠수함을 보았습니다. 그러나 그들은 잠수함을 움직이게 하는 부품들이 무엇인지 그려내지 못했으며, 여러분은 그들이 본 것이 어떤 종류의 잠수함인지, 심지어 그게 물속에 있었는지조차 추측할 수 없을 것입니다. 아프리카 사람들이 제출한 것은 아주 달라요. 아프리카 사람들은 거의 한 사람도 빠짐없이 그들이 본 것 하나하나를 전부 기억하고 있었답니다. 잠수함 모양, 눈으로 볼 수 있는 모든 부품들을 묘사했고 움직임을 정확히 포착했어요. 바닷물의 모습 또한 자세히 묘사했으며, 잠수함이 움직일 때 바다 밑바닥이 어땠는지까지 상세히 적었답니다. 여러분은 그 묘사가 정말로 생생하다고 생각할 거예요. 여러분이 묘사한다면 어떻게 하시겠어요?

이제 소설을 쓰면서 이와 같은 것들을 연습하게 될 것입니다. 첫째로는 단순한 글쓰기죠. 상상력을 풀어놓고, 여러분의 펜으로 할 수 있는 한 빠르게 상상력이 가는 길을 따라가 보는 것입니다. 그리고 이 일이 여러분의 제2의 천성이 될 때까지 계속 해보는 거죠. 두 번째로 관찰력을 훈련시켜볼 수 있어요. 그렇게 하면 소설에 사물을 집어넣을 때, 대상을 더 확실하고 더 세밀히 보려 하는 자신을 발견하게 될 것입니다. 만일 여러분의 글에서 어떤 사물이나 사람 혹은 장소가 실재하는 것처럼 보이지 않는다면 그 대상, 여자나 남자 같은 것들은 그냥 거기 없는 거죠. 사물, 사람, 장소에 대한 글쓰기의 모든 핵심은 그것들이 실제 거기 존재하는 것처럼 나타내고, 여러분의 독자들을 위해 기록하는 것입니다. 따라서 소설의 매 페이지는 매번 새로운 관찰 훈련이 될 수 있습니다. 그러면 곧 우리가 희망하는 대로, 자연스럽게 카메라가 담아내는 것에 근접할 정도로 관찰할 수 있게 될 것입니다.

그토록 길게 이어지는 소설을 어떻게 계속 써나갈지 아마도 걱정이 되겠죠. 그건 사실 생각보다 쉬운 일이에요. 일단 소설을 시작만 하면, 스스로 자기 자신을 발명하게 되고 생각도 해보게 되므로 여러분 몇몇은 의심의 여지없이 글을 멈추기 힘들다는 사실을 알게 될 것입니다. 캐릭터들이 자기 자신의 길을 밀고 나갈 것이고, 여러분을 오만 가지 상황과 예상밖의 구석으로 끌고 다닐 거예요. 여러분이 해야 할 한 가지는 그것이 마치 멈추지 않고 솟아나는 기이한 거인의 기운처럼 자라게 내버려두고, 여러분의 펜이 그걸 따라가게만 하는 겁니다. 너무 멀리까지 보려고 애쓸 필요가 없어요.

바로 시작할 수 있도록 한 가지 기술적인 충고를 하자면, 소설은 장을 나눠 써야 하고 장 하나하나는 원하는 만큼 짧아도 돼요. 여러분 마음에만 든다면 페이지 한 장 분량도 괜찮습니다. 장을 구분하면 한 번에 한 사건이나 한 행동에 집중하기 쉬워요. 게다가 이렇게 작업한다면 여러분이 가진 이야기에서 가장 흥미로운 부분들만 모아 전체 이야기를 구성할 수 있어요. 지루한 부분을 장과 장 사이의 한 장을 들어냄으로써 빼고, 한두 문장만을 언급하는 것으로 그다음 장을 시작할 수 있죠. 다음과 같은 식으로 장을 열 수도 있어요.

윌리 위즐칙스는 공포에서 회복될 때까지 3주 동안 침대에 누워 있었으며, 매일 아침 그의 어머니는 뜨거운 커피와 삶은 달걀을 가져다줬고, 그녀는 매 점심마다 식사를 가져다주면서 식은 커피와 맛이 간 달걀을 도로 가져갔다. 그는 그것들에 손도 대지 않았으며, 아니 손을 댈 수가 없었는데, 왜냐하면 이게 바로 그의 공포심이 야기한 결과로, 윌리는 커피를 참을 수가 없었고 계란을 보기만 해도 식은땀이 흘렀던 것이다. 하지만 그의 어머니는 말이 통하지 않았고, 그래서 매일 아침마다 그것들을 가져다줬다. 그리고 이 일은 네 번째 월요일 아침에 그녀가 커피와 달걀 대신 전보를 가져올 때까지 계속되었다.

전보 속 뉴스와 함께 이야기가 다시 시작되는 거죠.

그러니까 소설을 시작하기 전에 여러분이 염두에 둬야 할 것은 딱 두 가지뿐입니다. 이야기가 여러분을 어디로 데려가든 두려워하지 말고 눈과 귀를 열어 모든 것을 보고 들으세요. 그러고는 그것들을 말로 옮겨 쓰는 것입니다.

여러분의 이야기를 시작하는 가장 좋은 방법은 바로 여러분 자신이 직접 쓰는 것이지만, 시작하는 것이 어렵게 느껴지는 분들을 위해 서두 예시를 몇 개 준비해봤습니다.

생명체 The Creature

오후 3시 이후로 그것은 달걀 여섯 개, 소시지 1파운드, 슬리퍼 한 짝, 작은 양가죽 카펫을 먹어버렸다. 그러나 이제 그녀는 그것을 멈춰야 한다. 뭘 줘야 한다. 진정시키고 잠재울 만한 뭔가를. 긁어대거나 낑낑거리는 걸 멈출 수 있는 알찬 식사를.

이 시간에 집에서 뭘 하고 있느냐고 누가 물어볼 것에 대비해 애너벨은 크리스마스 푸딩을 수건 밑에 감추고 계단을 올라갔다. 그녀는 난간에 가까운 쪽을 밟으면 발을 옮길 때마다 쥐처럼 삐걱거리는 소리가 난다는 것을 알고 있었기에, 벽에 붙어서 계단을 올랐다. 자정이 훨씬 지나 있었다. 유령처럼, 겁에 질려, 그녀는 부모님의 침실을 기어 지나가 자기 방으로 쏙 들어갔다. 뒤에서 문이 딸깍 하고 날카롭게 닫혔다.

이제 불빛 속에서 후다닥, 그녀는 침대 옆에 무릎을 꿇고 낡은 갈색 여행 가방의 귀퉁이를 잡아끌어 뚜껑을 열었다.

"쉬잇!" 그녀는 초록색 악어 머리를 하고, 눈은 단물이 빠진 노란 과일껌 같은, 그녀를 향해 구불구불한 목을 똑바로 쳐들고 강아지처럼 낑낑거리는 그것을 낮은 목소리로 타일렀다. 이 생명체를 조용히 시키기 위해 그녀는 수건을 한쪽으로 치우고 푸딩을 여행 가방 안에 내려놓았다.

"쉬이잇!" 그녀는 다시 급하게 꿀꺽꿀꺽 소리와 부글부글거리는 소리, 후루룩, 쪽쪽, 푸욱푸욱 하는 소리를 내지 말라고 타일렀다. 그러나 그것은 쳐다보지도 않았고, 녀석이 그 검고 농밀한, 아직 요리도 되지 않은 크리스마스 푸딩과 라벨을 비롯한 모든 것들을 모조리 먹어치우자 그녀는 울상을 지으며 주저앉았다. 그녀가 놈을 위해 뭘 더 할 수 있겠는가? 녀석에게 뭘 더 먹인단 말인가?

"오늘 오후 3시 이후로." 그녀는 비통하게 속삭였다. "넌 거의 6인치나 자랐어."

탈출 The Escape

    그는 쿵 하고 벽 아래로 착지하면서 몸을 웅크렸다. 거기까진 좋았다. 꼭대기에서 경비원들이 내는 소리를 듣기 위해 머리 위에서 귀가 움직이는 것이 느껴질 정도로 귀를 기울였다. 완벽한 침묵. 그들이 그가 낸 소리를 들었을까? 그렇다면 아직 그들은 그를 겨냥한 채로 유심히 내려다보고 있을 것이다. 이렇게 하면 조금이라도 저 자신이 보이지 않을 거라는 듯이 그는 눈을 가늘게 뜨고 기다린다.

    그는 달이 없는 밤을 골랐지만 별빛이 그가 바랐던 것보다 더 밝았다. 그와 반 마일 정도 떨어진 컴컴한 숲 사이에 펼쳐진 넓은 들판이 조명등을 밝힌 축구장처럼 밝게 보였다. 그가 고개를 들자 기관총대 밑으로 검게 돌출된 버팀목이 보였다. 좀 더 위쪽은 볼 수 없었지만, 그는 서치라이트가 벽 뒤뜰을 노려보고 있으며, 구석구석 파고들어 석탄재를 깔아 다진 보도 위를 훑어보고 있다는 것을 알고 있었다. 지금까지 그걸 잘 피해왔지만, 이제부턴 조금만 부주의하게 움직여도 감옥 바깥으로 쉽게 선회하여 그를 색출할 것이며, 기관총 사수들에게 그를 노출할 것이다.

그는 벽에 몸을 붙이고 숨을 멈췄다. 위에서 벽을 따라 발자국 소리가 들려왔다. 천천히, 무심하게. 그는 안전하게 벽틈에 숨어 있던 거미를 생각했다.

바로 그의 위에서 발자국 소리가 멈췄다. 그는 경비들의 낮은 목소리를 들었다.

새 보금자리 The New Home

커튼은 아직 걸리지 않았고, 창문 앞에 선 그녀는 아무것도 달리지 않은 판유리를 통해 밖을 내다봤다. 여긴 그녀가 이제껏 봤던 어느 곳과도 닮지 않았다. 그리고 그녀는 자신이 그걸 좋다고 여기는지조차 알지 못했다. 그녀의 옛 생활, 옛 친구들은 영국 저편에 멀리 떨어져 있었다. 여기서 그녀는 아무도 알지 못했고 낯선 사람, 새로 온 사람이었다. 그녀는 그녀가 이 집을 좋아하게 될지 어떨지 알 수 없었다. 잠긴 다락방, 퀴퀴한 지하 창고를 꽉 채운, 사람들이 놔두고 간 녹슬고 케케묵은 잡동사니들, 아직 카펫을 깔지 않아서… 메아리치는 맨바닥과 층계.

그녀의 어머니가 방으로 들어왔고 놀란 그녀는 공상에서 빠져 나왔다.

"압정이 좀 필요하다. 여기 1실링이 있으니까 가서 가게를 찾아봐라. 서둘러. 잘 곳은 있어야 하니까."

그리고 그녀는 거리에 나와 있는 자신을 발견했다. 어떤 생활이 될까? 그녀의 새 친구들은 어디에 있을까?

뭣보다 먼저, 가게는 어딨지?

어떤 유의 인간들Some Sort of Men

우리 형은 계속 소리를 질렀지만 난 쳐다도 안 봤다. 아침 내내 그러다가 바위틈으로 가서는 나한테 이쪽으로 오라고 소리쳤다. 형한테 가면 날 무슨 멍청이 보듯 "뭐 어쩌라고?" 하고 말했다. 그래서 이제 난 신경도 쓰지 않고 조개껍질을 찾아다녔다. 조약돌 위로 파도가 밀려 나올 때, 나는 몸을 숙였다. 거기, 부서지는 파도 바로 밑이 새 조개껍질을 구하기에 가장 안성맞춤이었다.

뭐가 나를 올려다보게 했는지 모르겠다. 아마도 형이 소리지르는 걸 멈췄기 때문인 것 같았다. 침묵이 나를 올려다보게 했다. 그리고 형이 있었던 곳을 바라보면서 이번엔 내가 소리치기 시작했다. 어디선가 짧고 검은 세 형상이 나타나 형을 절벽 쪽으로 끌고 가고 있었다. 키가 너무 작고 뭉뚝하고 괴이해서 나는 처음에 그들이 틀림없이 커다란 침팬지라고 생각했는데, 그들을 향해 달려가서 내가 본 것은 벨트와 부츠와 수염이었다. 그들은 확실히 인간, 어떤 인종이었다.

"멈춰, 멈춰, 형을 놔줘." 난 소리쳤다.

그들은 내 목소리를 듣자마자 형을 바닥에서 들어 올려 바위에서 바위로 뛰어올라 가기 시작했고, 난 뒤뚱뒤뚱 그들을 따라 올라가면서 걸려 넘어지거나 정강이를 차였다. 네 사람이 모두 절벽 아래의 틈으로 사라져버렸을 때도 나는 여전히 50야드나 뒤떨어져 있었다. 나는 숨을 헐떡이며 뒤따랐고 형이 듣고 소리치기를 바라며 다시 외쳤다. "데니스, 데니스." 나는 그 틈새가 동굴로 들어가는 입구이려니 생각했다. 내가 틀렸다. 그 틈은 4피트도 되지 않았고 그냥 단단한 바위였다. 그리고 거기엔 아무것도 없었다.

언덕 저편에 The Other Side of the Hill

"이제 멀어진 것 같군."

"놈들은 절대 우릴 잡지 못할 거야."

"우린 부자가 될 때까지 절대 돌아가지 않을 거야."

세 사람은 언덕 꼭대기에 앉아 마을을, 어둠으로 물든 구덩이를 내려다봤다. 새벽이 헤집어놓은 모닥불의 타다 남은 불씨처럼 빛나고 있었다. 그들은 벌써 1마일을 넘어 왔다. 그리고 언덕 저편에는….

그래, 브라이언을 알고 있었다. 그는 홍방울새처럼 가는 다리와 굴 껍데기 같은 안경 뒤의 명석한 두뇌로 모든 것을 해결했다. 브라이언은 먹을 수 있는 뿌리와 잎이 무엇인지 알았고, 어느 것을 먹으면 사람이 어시장의 대구처럼 축 늘어지는지 알고 있었다. 별자리에도 해박해 밤중에 어느 방향으로 나아가야 하는지 말해줄 수 있었다. 그는 막대기들을 비벼 불을 만들 줄도 알았으며 어떤 종류의 나무를 막대기로 사용해야 하는지 알고 있었다. 통나무에 작은 불을 놓고 속을 텅 비게 하여 카누를 만드는 방법도 알고 있었다. 다른 두 사람, 버트와 블러드너트는 그를 완전히 신뢰했다.

"언제쯤 먹을 수 있지?" 버트가 물었다. "힘을 비축해야 하잖아."

그는 치즈와 말린 혓바닥 통조림을 가지고 있었다. 블러드너트는 대추야자 한 봉지와 바나나 한 개를 갖고 있었다. 브라이언은 아무것도 갖고 있지 않았다.

"먹어?" 성난 브라이언이 되물었다. "먹는다고? 오늘 우린 계속 가야 해. 그들은 11시쯤 우릴 따라잡을 거야. 아침까지는 되도록 멀리 가는 게 좋아. 안심할 수 있게. 그러고 나서야 먹을 수 있어. 뭔가를 사냥할 수 있을 거야."

블러드너트는 주머니 속에 든 동전을 만지작거렸다. 그는 벌써 고기 파이를 사 먹고 싶었다.

"자, 어서." 브라이언이 일어섰다. 다른 둘도 일어났다. 브라이언은 하늘을 올려다봤지만 아직 별은 없었다. 그는 마을에서 멀리 떨어진 곳으로 앞서가기 시작했다.

이야기에 관한 이야기 The Story of a Story

바스코 포파 Vasco Popa

여기 이야기 하나가 있었다

그것은 끝났다
그것이 시작되기도 전에
그리고 시작되었다
그것이 끝나고 나서

영웅들이 등장했다
그들이 죽은 후에
그러고는 떠났다
그들이 태어나기 전에

어느 하늘의 어느 세상의
영웅들이 말했다
모든 것에 대하여

그들이 말하지 않은 것은
그들이 알지 못하는 것뿐이었다
그들이 단지 이야기의 영웅이라는 사실

시작되기 전에
끝나는 이 이야기에서

그리고 끝나기 전에
시작되는 이 이야기에서

일곱째 날.

소설 쓰기 – 계속하기

찬물을 조심하라

소설을 쓰는 데 올바른 방법은 없습니다. 소설을 쓰는 방법은 오히려 단 하나뿐입니다. 재미있게 쓰는 것이죠. 말이 쉽지, 도대체 어떻게 해야 재미있게 쓸 수 있을까요? 전 세계 수천의 작가가 바로 그 방법을 알아내려 노력하고 있습니다. 어떻게 써야 소설을 재미있게 만들 수 있을까요?

정답은 자신이 진심으로 관심 있는 것에 대해서만 재미있는 글을 쓸 수 있다는 것입니다. 정말 틀림없는 방법이죠.

어떤 작가는 인간과, 인간의 행동에 관심이 있을 것입니다. 그래서 그의 소설은 대화로 가득 차 있죠. 그는 인물의 성격을 신중하게 묘사합니다. 인물들의 감정, 그들의 희망과 두려움에 대해서요. 독자들은 그 묘사에서 작가가 집중하고 있는 것에 함께 집중하게 됩니다. 글을 쓰면서 작가가 느끼는 것이 무엇이든 간에 독자들은 책을 읽으면서 그것을 느낄 수 있습니다. 작가가 개인적으로 재미없고 지루하다고 느끼는 것에 대해 쓰려고 하면 글쓰기도 재미없고 지루해집니다. 예를 들어, 거대한 쥐의 습격은 매우 흥미로운 사건일 수 있습니다. 하지만 그것을 재미있게 쓰려면 거대한 쥐의 등장에 흥분하는 작가가 필요합니다. 모든 작가가 그러지는 않겠죠. 반면 인간과 거대한 쥐에게 관심이 많은 작가라면 둘 다에 대해 흥미롭게 쓸 수 있을 것입니다. 그리고 다른 많은 것도 마찬가지예요. 그러나 진심으로 관심 있는 영역은 제한적입니다. 그 점을 넘어서는 것에 대해 글을 쓰려고 하면 뜨거운 물이 나오는 수도꼭지가 잠겨 어느새 찬물만 흐르고 있는 것처럼, 글이 차가워지죠.

여러분이 소설이나 길게 이어지는 이야기를 쓰고 있다고 칩시다. 끊임없이 다음에 일어날 일을 생각하겠죠. 그러다 보면 아무것도 떠오르지 않는 때가 올 것입니다. 생각이 말라버리고 아이디어가 바닥나는 것입니다. 긴 이야기를 쓰는 작가들이 흔히 겪는 어려움이죠. 앞으로 일어날 모든 사건을 계획하고 시작했더라도 때로는 막히게 됩니다. 다음 사건은 어떻게도 진행되지 않고, 쓸 수가 없고, 이미 생각해놓은 아이디어도 좋아 보이지가 않죠. 꽉 막힌 것입니다. 이것은 이야기가 진정한 관심사에서 벗어났다는 신호입니다. 쓰다 보니 진심이 아닌 곳까지 넘어가게 된 거죠. 뇌가 이렇게 얘기하는 것 같습니다. '우리는 이것에 대해 할 얘기가 없다. 이것에 대해서는 아는 게 없다. 느껴지는 것도 없고… 정말 지루하다.' 자, 여러분 모두가 이 지점에 도달했다고 가정해봅시다. 여러분은 그저 자기 뇌를 두들겨 팰 뿐입니다. 다음엔 어떡할까요? 처음에 이 생각은 어떻게 시작됐습니까? 중요한 질문입니다. 당신의 다음 아이디어는 어디에서 올까요?

여러분은 망연자실하게 앉아 있습니다. 그때 뭔가 은밀한 생각이 머릿속에 들어오죠. 전에 어떤 책에서 읽었던 기억이 납니다. 그리고 그 누군가의 책에서 힌트를 얻죠. 사실은 매우 일반적인 일입니다. 그러나 치명적이죠. 이미 다른 사람이 어디서 썼던 것을 다시 쓰기란 쉽기 때문에 일반적이라고 했습니다. 힘든 일이 쉽게 풀리죠. 씹지 않아도 되는 음식 같아요. 하지만 말했듯이, 치명적입니다. 자신의 흥분, 자신의 경험과 관심이 아니기 때문에 치명적인 것이죠. 다른 누군가의 찬물을 갖다 쓰는 거예요. 이제 글은 평범해지고 마음 깊숙한 곳에서는 이제 왜 이 글을 계속 써야 하는지 회의가 듭니다.

그러니 조심하세요. 펜이나 씹으면서 가만히 앉아 있을

때, 완전히 멈추게 됐을 때, 다음에 무엇이 와야 할지 모를 때, 어디선가 읽은 것을 가져와 쉽게 속이려 하지 마세요. 그럼 이제 어떻게 해야 할까요?

위대하고 진정한 관심사

초반에 진심으로 관심 있는 것에 대해서만 글을 써야 한다고 얘기했죠. 아마 이렇게들 말할 것입니다. 아주 많은 것에 관심이 있는데, 그것들을 쓰기가 쉽지 않은 것 같다고요. 그 이유는 대부분의 관심사가 '진심'이 아닌 그냥 '관심'이기 때문입니다. 이 둘의 차이를 어떻게 알 수 있을까요? 그 차이가 무엇일까요?

갓 태어났을 때 우리는 하나의 위대한 진정한 관심사를 가지고 있었습니다. 먹을 것이죠. 그보다는 덜 대단하지만 역시 진정한 관심사가 또 있었어요. 온기입니다. 우리 인생이 거기에 걸려 있기 때문에 '진심으로' 관심을 갖지 않을 수가 없었어요. 먹을 것이 없으면 우리는 울다가 결국 죽을 것입니다. 너무 추워지면 울부짖다가, 아무것도 나아지지 않으면 결국 죽습니다. 이것들을 열정적인 관심이라 부를 수 있습니다. 그때는 '가벼운 관심'이란 것이 없었죠.

그러다 6개월 즈음에 우리의 관심사가 늘어납니다. 여전히 먹을 것과 체온 유지에 진정으로 큰 관심을 두지만 이제는 몇 가지 가벼운 관심사가 생기는 거죠. 예를 들어 빛이라든지 엄마 아빠의 얼굴이라든지요. 이런 것들이 나타나면 미소를 짓기도 하지만, 그게 다예요. 그것들이 조금 궁금하긴 하지만 시야에서 사라지자마자 잊어버리고 음식과 따뜻함이라는 우리의 진정한 관심으로 돌아갑니다.

이제 이것을 열 살 때의 관심사와 비교해봅시다. 음식과 온기에는 역시 강렬한 관심이 있죠. 엄마와 아빠의 얼굴에 대한 우리의 관심은 더 이상 평범하지 않습니다. 엄마 아빠의 얼굴은 우리 인생과 엮여 있는 진정한 관심사가 되었죠. 두 사람에 관한 다른 모든 것도 이제 진정한 관심사의 영역으로 들어옵니다. 우리 감정은 다시는 풀리지 않을 정도로 두 사람과 깊숙이 얽혀 있습니다. 그리고 처음으로 빛에 가졌던 가벼운 관심은 이제 우리 주변에서 볼 수 있는 모든 것으로 확장되어 무한히 복잡해졌습니다. 특정 사람, 특정 장소, 특정한 기쁨, 특정한 일에 대한 일련의 관심이 차례로 다른 관심사와 얽히게 되죠. 이제 우리의 진정한 관심사들이 늘어났습니다. 많은 것이 우리 삶의 일부가 되었죠. 그것들 없이는 어떻게 될지 쉽게 상상할 수 없습니다. 그것들을 잃어버리는 것은 생각도 할 수 없죠. 동시에 우리에게는 호기심을 자극하고 더 알고 싶어지는 가벼운 관심사들도 많이 생겼습니다. 매주 더 많이 생기죠. 조금 더 자세히 보면 이러한 가벼운 관심사들은 나중에 진정한 관심사로 자랄 새싹들과 같습니다. 가벼운 관심사를 파고들어 더 알아나가며 거기에 점점 더 끌릴 때, 그걸 더 잘 알게 되었을 때, 우리의 감정까지 거기에 빠져들게 됩니다. 우리가 그것을 이해하게 되었다고 느낄 때 그것은 우리가 이미 알고 있던 다른 것들과 연결되기 시작합니다. 그리고 곧 우리의 삶에 깊이 얽히게 되죠. 다른 사람들이 그것에 대해 언급하는 것을 들을 때는 약간 화가 나는 것처럼 느껴질지도 모릅니다. 처음에 가벼운 호기심으로 시작했던 것이 이제는 진정한 관심사가 된 것입니다. 이런 일들이 항상 일어나고 있습니다. 우리는 이렇게 성장하고 있으니까요. 이를 통해 우리는 사람과 장소와 기술, 사실 들을 배웁니다. 이 진정한 관심사, 자신의 진짜 사적인 감정과 실제 경험이야말로 우리가 쓸 수 있는 유일한 것입니다.

그러므로 글을 쓸 때 단지 호기심을 느끼는 것—지난주에 들었던 것과 어제 읽었던 것—과 자신의 삶의 일부분인 것을 분별할 줄 알아야 합니다. 남들보다 이런 구별을 잘하는 사람이 있습니다. 꽤 흥미로운 작가와 마음을 사로잡는 작가의 차이점은, 마음을 사로잡는 작가는 진정으로 자신을 흥분시키는 것을 직관적으로 알아본다는 것입니다. 관심사를 맹추격하며 본인에게 생생한 관심사인지 구분해내는 것이죠. 실력이 좀 부족한 작가도 여러 측면에서 재치 있어 보일 수 있습니다만, 이 치명적인 문제에 민감하지 못합니다. 자기 삶으로 가득 차 있는 것과 반만 차 있는 것, 차지 않은 것을 구별하지 못하는 거죠. 그래서 그의 글은 덜 살아 있고, 그래서 작가로서 그는 덜 살아 있습니다. 글쓰기에서는, 다른 모든 일과 마찬가지로 삶보다 중요한 게 없습니다.

그러나 여러분은 아직 아주 젊다는 장점이 있어요. 젊을수록 진심으로 좋아하는 것과 진정으로 싫어하는 것, 자신에게 중요한 것과 중요하지 않은 것을 알기가 더 쉽습니다. 나이가 들면 고려해야 할 수천 가지 것으로 복잡해져서 살아 있는 것과 반만 살아 있는 것, 죽어 있는 것을 구분하기가 점점 더 어렵게 되죠. 여러분은 아직 괜찮을 것입니다. 그러므로 여러분이 완전히 막혀 막다른 골목에 다다랐을 때, 머리를 때리면서 지루하게 아이디어를 찾고, 누가 쓰라고 하지도 않은 소설을 저주하게 됐을 때, 이렇게 물으십시오. "다음에는 뭘 쓸 수 있을까?" 산수 문제를 푸는 게 아닌 만큼 자유롭게 스스로에게 재밌는 것을 쓰면 됩니다. 이렇게 물어보세요. "다음에는 뭘 불태워볼까? 내 진정한 관심사 중에 뭘 끼워 넣어야 나도 쓰고 싶어질까? 내 인생에서 사라지면 죽는 게 나을 정도로 내가 좋아하는 게 뭘까?" 그러면 답이 나올 것입니다. 이야기에 맞춰 원하는 만큼 바꾸어 쓰세요. 그리고 이야기의 방향을 돌리세요. 무슨 일이 일어나는 걸 보고 싶나요? 어디에 있고 싶나요? 아니면 무엇이 여러분을 두렵게 하나요? 두려움은 사랑만큼 깊고, 영감을 주는 감정이랍니다.

출판될 책을 쓰고 있다면 일이 그렇게 쉽지 않을 수도 있습니다. 자신의 거친 상상력이 어떤 사람들을 미치게 할지도 모른다는 두려움, 또는 자신이 모델이란 걸 알아차린 사람들이 나를 고소할지도 모른다는 두려움에 묶일 것입니다. 현재로서 여러분은 자유롭습니다. 마음속에 불꽃이 타고 있는 한, 어떤 방향으로든 갈 수 있습니다.

여러분의 진실한 관심사는 여러분의 진정한 감정을 알려

주는 단서가 됩니다. 바닷속 통발의 위치를 표시해놓은 수면의 부표 같은 것이죠. 여러분이 좇는 감정에 우리, 다른 사람들, 독자들이 관심을 갖는 것은 그것이 살아 있는 감정이기 때문입니다. 여태 무엇이라 배웠든 글쓰기가 감정으로 만들어진다는 것은 사실입니다. 단어를 사용할 때는 사상과 심상을 사용해야 합니다. 왜냐하면 단어가 사상과 심상으로 이루어져 있기 때문입니다. 음악을 쓰고 있다면 음표와 악기를 사용하고 그림을 그린다면 물감과 캔버스 또는 종이를 사용해야 하겠죠. 그러나 이런 것들은 그 사이로 감정이 흘러 들어가기 전까지는 그저 죽은 사물들이죠. 감정은 여러분에게서 나오는 것이고, 거기에 끝이 있다고 생각하지 마십시오. 감정이란 것은 찾아 나설수록 발견할 수 있는 것이니까요.

프랑스의 위대한 소설가 발자크는 글을 쓸 때 방에서 미친 사람처럼 중얼중얼거렸다고 합니다. 소리를 지르고 웅얼거리고 땀을 뻘뻘 흘렸대요. 한번은 등장인물의 고뇌를 상상하면서 침대보를 조각조각 물어뜯어 놨다는군요. 발자크는 자신이 가진 모든 것을 쏟았습니다. 꼭 발자크처럼 해야 하는 건 아니지만요.

여덟째 날.

가족 만나기

작품 목록

가족 재구성하기

가족들이 골칫거리인가요? 제가 아는 어떤 사람은 형제, 자매, 삼촌, 숙모, 사촌 들이 그렇게도 간섭을 해대더군요. 가족의 문제점은 여러분이 그 사람들을 선택하지 않았다는 것이겠죠. 바꿀 수도 없어요. 좋든 싫든 그 관계에서 빠져나올 수가 없죠. 여러분을 무슨 자기 애완 고양이나 뭐 그런 것처럼 소유하고 있는 것으로 생각하는 것 같아요. 뭘 하는지 다 알아야겠다는 듯이 굴고요. 자기 마음에 들지 않으면 "너 그러면 못써." 이런 충고를 하질 않나, 정말 귀찮습니다.

그러나 가족들은 끝도 없이 재미있을 수도 있습니다. 작가에게 가족만큼 흥미롭거나 중요한 것도 없죠. 왜 그럴까요?

모든 작가가 동의할 것입니다. 감정이 없는 것에 대해서는 쓸 수 없어요. 흥미롭거나 가슴을 뛰게 하는 것, 혹은 삶에 깊이 연관되어 있는 것이 아니라면 별로 할 말이 없거든요. 쓸 수가 없습니다. 여러분도 특이한 경우가 아니고서는 세상에서 가족만큼 잘 알게 되는 사람이 없을 것입니다. 다른 어떤 누구나 어떤 것보다도 감정적으로 깊이 묶여 있죠. 따라서 작가 대부분이 자기 가족에 대해서는 할 말이 차고 넘친답니다. 그리고 우리가 가족에 대해 갖고 있는 감정이 딱 가족에게만 국한되는 것은 아닙니다. 감정에 관한 이상한 사실 중 하나이지요. 형제들과 사이가 좋은 사람은 형제를 상기시키는 남성에게 이끌리고 그와 친하게 지내려는 경향이 있습니다. 이 관계에서는 원래 형제들에게 느꼈던 감정을 우정에 사용하게 됩니다. 같은 방식으로 작가는 어떤 면에서는 형제를 생각나게 하는 인물을 설정하고 형제에 대한 감정을 이 인물에게 불어넣어 생생하게 만들 수 있죠. 위대한 작가들도 이런 식으로 가족들을 상상력으로 재구성해 최고의 작품들을 썼습니다. 물론 이름과 외모는 바꿨지만요.

그러나 이렇게 쓰기가 항상 쉬운 것은 아닙니다. 가족에 대한 감정, 특히 어머니와 아버지에 관한 감정은 너무 복잡하고 뿌리 깊기 때문에 감당할 수 있는 선을 넘기도 합니다. 가족에 관한 시를 쓰면서 저는 어머니에 관해 쓰는 것이 거의 불가능하다는 것을 알았습니다. 물론 제 시에 나오는 사람들은 진짜 제 가족이 아니고 제가 지어낸 가족의 일원이에요. 그럼에도 불구하고 어머니를 만들어낼 때 아주 막혀버렸죠. 어머니에 대한 저의 감정이 너무 복잡해서 말로 쉽게 흐르지 않았습니다. 결국 만족스럽지 않은 시를 썼어요. 대조적으로 형제에 대한 글은 아주 쉽다는 것도 알게 됐죠. 저는 형이 있고, 항상 사이가 좋았답니다. 물론 형의 이름은 시에서처럼 버트는 아니에요. 형도 자기 침실에 동물들을 키우긴 했지만 고슴도치보다 더 큰 것을 들여놓은 적이 없고요. 제가 아는 한 셔츠 속에 쥐를 넣고 학교에 간 적도 없습니다. 사실 이건 다른 사람이 그랬어요. 그럼에도 버트 형은 쉽게 만들어졌고, 즉시 생생하게 살아났습니다. 형에 대한 제 감정이 매우 풍부하고 강했던 것이죠. 사용하기도 쉽고요. 여러분이 가족을 만들 때는 다를 수도 있습니다. 형제와는 너무 가까워서 쓰기 어려울 수도 있고, 어머니에 관해서는 술술 나올 수도 있죠. 다음 시는 버트 형에 관한 작품입니다.

애완동물 키우는 건 우리 형 버트의 취미,

그는 셔츠 속에 쥐를 넣고 학교에 가곤 해.

그의 취미는 진화했지, 취미란 게 그렇듯이,
진화하고 *진화하고* 진화해서는—

오 아무한테도 말하지 마, 못 들은척해.
정말 끔찍한 일이 일어났어—

생각만 해도 날 괴롭히고 또 괴롭힌다니깐:
버트가 집에 엄청나게 큰 고릴라를 데려온 거야!

만약 고릴라가 별로 무섭지 않다면 말이야,
그게 버트의 그리즐리 곰과 싸운다면 어떨 것 같아?

넌 여전히 침착할 수 있을 것 같아?
사자가 침대 밑에서 나온다면 어떨 것 같아?

그리고 타조 네 마리가 그들의 축구공만 한 알을
네 침실 옷장에 낳아놓는다면?

그리고 땅돼지들이 서랍 맨 아래에서 기어 나와

다 같이 춤을 추고 으르렁거린다면 어쩔 거야?

벽지 뒤에 있는 둥지에서
천산갑이 신이 나 뛰어나오면?

쉰 종류나 되는 박쥐 떼가
모자걸이에 낡은 모자처럼 매달려 있고,

구두 상자에서 흥분한 오리너구리가
스라소니와 야생 고양이를 따라 나왔다면?

웜뱃, 딩고, 꼬리가 푸른 도마뱀, 범고래—
애들이 소동을 피워서 집을 뒤흔들어놓으면 어쩌겠어?

주머니쥐를 잊지 마
여기저기 상처 난 오래된 부츠인 척 굴 테니까.

정말 끔찍한 날이었어,
이웃들이, 오, 이웃들이 대체 뭐라고 하겠어!

가족들에게 질렸다면 가족을 고쳐보는 것도 재미있는 일입니다. 가벼운 복수 같은 것도 되고요. 가족들은 우리 삶에 확고하게 고정되어 있기 때문에 우리는 언제나 알게 모르게 가족에 관한 판타지를 꿈꾸죠. 제 삼촌은 목수였고 항상 재미있는 나무 장난감이나 장식품을 만들었습니다. 다음 시가 나온 유일한 이유죠. 댄 삼촌에 대한 시입니다.

우리 삼촌 댄은 발명가야, 넌 그게 되게 멋지다고 생각하겠지,

넌 아마 댄이 내 삼촌이 아니라 네 삼촌이었으면 하고 바랄 거야—

삼촌은 원하기만 하면 떨어뜨릴 때마다 튀어 오르는 시계를 만들 수 있고,

끈하고 병뚜껑만 가지고도 헬리콥터를 만들거나

네가 상점에서는 살 수 없는 아주 유용한 것들을 만들 줄 아는데.

근데 댄 삼촌에겐 뭔가 다른 아이디어가 있었대:

진저에일을 담는 밑 빠진 유리잔,

나무들에게 참 안전한 이빨이 없는 톱,

철자법 대회를 위한 특별한 단어

(사자오랑우탄어슬렁어슬렁 같은),

아님 굴리면서 오를 수 있는 고무 사다리,

한입 베어 물 때마다 입을 깨무는 신기한 파이—

댄 삼촌이 발명한 것들이야.

삼촌은 낮이고 밤이고 작업실에 앉아 발명을 하고 있어.

댄 삼촌의 눈은 건초더미를 나르는 쥐처럼 머리카락이랑

수염 속에서 바라보고 있어.

발 없이도 걸을 수 있는 신발을 만들고 있는 걸까?

코끼리를 만나자마자 코끼리를 쪼그라들게 하는 장치일

까?

공기 스테이크를 요리하거나 먹을 수 있도록 썰어대는 조

각칼을 만들고 있을까?

아냐, 아니야, 삼촌은 다른 걸 발명하고 있어—

완전히 쓸모없는 발명품만을:

유리 없는 창(절대 깨지지 않음),

지진을 치료하는 약,

흐르지 않게 나사를 조인 물컵,

아래로도 위로도 갈 수 없는 계단,

벽 위에 그려놓았을 뿐인 문—

댄 삼촌은 이 모든 것을 발명했어.

　시에 나온 삼촌 외에도 쓰고 싶은 다른 삼촌이 많았습니다. 진짜 삼촌 한 명으로 다른 삼촌을 많이 만들 수 있죠. 제 삼촌은 힘이 셌습니다. 6인치 못을 가운뎃손가락에 걸쳐 구부릴 수 있었어요. 제가 어렸을 때 저에게 노아의 방주를 만들어주기도 했고, 마술 트릭도 알았죠. 여기에 약간의 상상력을 더해 삼촌들 몇 명을 만들어내는 거예요. 세계에서 가장 강한 남자, 메뚜기와 대전했다가 지고 만 위대한 레슬링 선수 삼촌, 노아였던 삼촌, 대홍수가 왔을 때 삼촌이 뭘 했는지 쓸 수도 있죠. 삼촌은 소방관이었어요. 마술사 삼촌은 마법을 제대로 쓸 줄 몰라 끔찍한 일들을 벌이게 됩니다. 모두 시로 쓰기에 완벽하게 좋은 삼촌입니다. 이 모든 삼촌이 단 한 명의 진짜 삼촌에게서 나온 것입니다.

상상 속의 가족

삼촌이 없어도 상관없습니다. 사실, 더 쉬울 수도 있습니다. 상상 속에서 삼촌을 한 명 만들 수 있으니까요. 예를 들면 저는 양가 할아버지들을 두 분 다 전혀 알지 못했습니다. 종종 그분들이 어땠을지 궁금했죠. 예를 들어, 할아버지가 부엉이 사냥꾼이었다면 어땠을까요?

문제의 진실, 문제의 진실—
우리에게 모자를 제공하는 사람은 모자 파는 사람,
투덜거리는 것으로 유명한 게 주정꾼이듯이—
우리 할아버지는 덫으로 부엉이를 잡지, 맞아, 우리 할아버지는 부엉이 사냥꾼이야.

부엉이, 아아, 비록 유행이 꽤 지난 것이지만,
할아버진 자기 일 때문에 무척 바쁘고
덫에 떨어진 부엉이들을 모두 간직해두지:
"언젠가," 할아버진 말하곤 해, "아마 이 녀석들이 필요할 거야."

"부엉이는 슬기롭지," 할아버진 말하곤 해, "내가 보기엔
부엉이에게 귀를 기울이면 세상은 현명해질 수 있단다."
밤새도록 할아버지의 집은 부엉부엉 흔들리고,
할아버지는 양말 속에서, 부츠 속에서 부엉이를 깨우지.

부엉이, 부엉이들, 오직 부엉이들,
가장 환상적인 날짐승;
북극에서 온 흰 부엉이, 트로픽에서 온 검은 부엉이.
어떤 녀석은 미래를 내다볼 줄 알고,
어떤 녀석은 가까운 곳만 잘 봐.

그림 액자에도 부엉이가, 할아버지 의자에도 부엉이가,
부엉이 수십 마리가 계단 위에 줄지어 있어.
눈, 눈동자, 늘어선 부엉이 눈알.
어떤 것은 목양견 눈처럼 크고, 어떤 것은 엄지만 하지.

아프리카 깊은 곳, 티베트의 높은 곳으로
고무 쥐와 빳빳한 부엉이 그물을 들고 할아버진 여행을
해;

가장 희귀한 부엉이도, 가장 의심스러운 부엉이도
쥐에게 덤벼들었다가 철망에 엉켜 들고 말 거야.

"네가 무엇을 알고 싶어 하든지, 부엉이는 그걸 알고 있을
거란다."
우리 할아버지는 자랑스럽게 말해, "그걸 어떻게 알 수 있
냐고?
잠자면서 그리고 생각하면서 그리고 자면서 그리고 생각
에 잠겨서—
무시무시하게 울며 눈을 깜빡거리게 두어라!"

알지 못하는 상대를 지어내는 것은 상당히 쉽습니다. 어떻
게 쓸지 헤맬 필요가 없으니까요. 다음 시가 어떻게 나왔는지
를 떠올리려 아버지에 대해 아는 것을 열심히 생각했지만, 아
마 다른 친구의 아버지에게서 힌트를 얻었던 것 같습니다. 이
아버지가 어디에서 왔는지 전혀 모르겠어요.

어떤 아버지들은 사무실에서 일하고, 어떤 아버지들은 상
점에서 일하지,

어떤 이들은 거대한 크레인을 조종하고 초고층 빌딩들을 지어,

어떤 이들은 통조림 공장에서 캔에 들어가는 완두콩 세는 일을 하고,

어떤 이들은 밤새도록 천둥소리를 내는 커다란 이삿짐 운반차를 운전한다.

그렇지만 나의 아버지는 그중에서도 가장 이상한 일을 해.

아버지는 조사관장이야—무엇의?

오 쥐한테는 말하지 말아줘, 두더지에겐 말하지 마,

나의 아버지는 구멍 조사관이야.

이 일은 아주아주 중요한 일이야, 왜냐면 아무도

구멍 속에 뭐가 들었는지 모르거든, 어떤 무서운 게 밑에서 기어오르고 있는지.

아마 그 구멍은 바다로 통하는 거라서 곧 수 톤의 물이 솟구칠지도 몰라,

아니면 금이나 해골이 가득한 광대한 동굴로 이어질지도 모르지.

비록 구멍 속에 든 것이 먼지 빼고는 아무것도 없어 보
여도,
누군가는 그걸 확실히 해야 하거든.
산에 동굴이 있고, 벽에는 갈라진 곳이 있고,
나의 아버지는 그 모든 걸 조사해야 해.

길에 나 있는 금들은 무해한 것처럼 보이지. 아버지는 알
고 있어, 그게 아니란 걸.
세계가 둘로 갈라지고 있는데 그 시작점이 거기일지도 모
르거든.
아니면 세계가 커다란 달걀이고 우리가 그 껍질 위에 사는
건지도 모르지,
이제 막 부화하고 갈라지고 있을지도: 우린 쉽게 확신할
수 없어.

만약 네가 갈라진 틈을 보면, 전화기로 달려가, 달려가!
우리 아버지는 거기서 무슨 일이 일어났는지를 알 거야.
우르릉거리는 구멍이든, 조용한 구멍이든,
곧 아버지가 관리하게 될 거야.

그 모든 구멍을 조사하려고 아버지는 서두르고 있어, 아침
부터 밤까지.

어떤 구멍에선 행진하는 소리가 들릴지도 몰라, 아니면 눈
이 부실 수도 있어, 밝게.

촉수 하나가 쥐구멍 속에서 더듬더듬 기어 나오면,

바닥이 무너져 내리고 중국 사람들이 떼를 지어 집으로 들
어올 수도 있어.

구멍은 예측할 수 없는 거야—
아무도 구멍이 뭘 데리고 올지 몰라.
산에 동굴이 있고, 벽에는 갈라진 곳이 있고,
아버지는 그 모든 걸 조사해야 해!

여러분이 '가족 말고는 쓸 게 없나' 하고 생각하는 것은 원
치 않습니다. '가족 만나기'의 모든 시는 일종의 농담 같은 거
죠. 시인들은 자신을 즐겁게 하기 위해서도 시를 쓰니까요.
최고의 농담은 실존하는 것들과 실존 인물에 관한 것이지 않
을까요? 꼭 지어낼 필요는 없죠. 마지막 시는 현실과 환상에
걸쳐 있는 것에 관한 시입니다. 여러분은 네스호 괴물에 대해

들어본 적이 있을 것입니다. 진짜가 아니라는 얘기도 들었겠죠. 네스호는 스코틀랜드에 있습니다. 이 시에 등장하는 이름은 네스호 괴물의 선조라고 볼 수 있는 것이 나타났을 때 지구에 살았던 동물들의 이름입니다. 예전에 이 괴물은 네사라고 불리며 여신으로 숭배되었습니다. 지금은 네시라고 불리죠. 이번 시는 네시가 자신을 보고서도 믿지 못하는 사람들을 한탄하는 내용이랍니다.

아니, 코끼리도 아니고 무슨 메뚜기도 아니야.
생긴 건 병뚜껑 부분에 두 개의 눈이 달린 탄산수 같은데.

하지만 가스탱크처럼 거대해, 감당할 수 없을 만큼 거대하다니까,
물속에서 날아다니는 고래처럼 날개 같은 것도 달려 있어.

그게 바로 나야, 나, 나라구, 네스호의 괴물이야!
맙소사, 내가 하마나 악어 따위로 보였다니!

시대를 잘못 타고난 탓에, 여기 이 어둠 속에서 좀 우울하

긴 한데,

그치만 난 리젠트 공원의 왕좌에서 스코틀랜드를 통치해
야 해!

한때 난 고귀하신 몸이었지―디플로도쿠스 제도를 다스릴
때!

폴리프티코드는 열 발자국마다 매력적인 미소를 지으며
구혼하러 왔지.

매크로플랫은 내가 이보다 너무 늙기 전에 나를 데리고 가
겠다고 맹세했어,

옆에 있던 그의 모든 친구가, 그의 어깨너머로 히쭉거리고
있었지―

랩토클리드, 크립토클레이두스, 트리클리드 그리고 익티
오스테그―

건방진 사우롭테리그! 하지만 내가 그놈들 콧대를 꺾어버
렸지―

나는 네스호에서 목욕을 길게도 했고 그는 내 목욕이 끝나
는 걸 기다리다가
　하품을 하며 화석이 되어버렸지, 그의 패거리들도 쇠약해
졌어.

　근데 이제 숨 좀 쉬려고 수면 위로 올라가기만 해도 관광
객들이
　소리를 지른다니깐, "저 목 좀 봐, 정원 가위처럼 생겼어!

　오 아냐, 저건 녀석의 입이야." 그러고는 내가 잠수할 때면
　녀석들은 탄성을 지르지, "상상해봐! 정말로 살아 있다고!

　이런, 우리 다 캐나다로 도망가야 하겠어, 빨리 가야 해!
　아 다행히 저건 그냥 통나무야, 아니면 호수 수면에 낀 거
품이거나.

　무엇이든 될 수 있는 건 아무것도 아니기도 하지
　우린 왜 우리가 끔찍하게 부풀린 걸 실제로 봤다고 생각할
까?"

내가 너무 못생겨서 날 믿을 수 없다고!

스코틀랜드가 꿀꺽하거나 팔아치울 수도 없는 커다란 순대 요리라고!

나, 난, 나는, 네스호의 괴물,

스코틀랜드의 가장 추악한 딸, 칠 톤짜리 뜬소문!

내 어두운 진흙 침대 속, 스니터 지방에서의 천박한 삶,

그 어떤 동물학자도 내 아름다움에 졸도하지 않아.

오 대담하고 자유로운, 사랑스러운 스코틀랜드 총각은 어디 있는가?

날 런던으로 데리고 가서 내 혈통을 이어줄?

아홉째 날.

달에 사는 생물

작품 목록

마음 밑바닥 너머의 생태계

지구, 혹은 지구와 같은 다른 행성에서 아직 발견되지 않은 채로 존재하는 것에는 끝이 없습니다. 지구에도 매년 새로 발견되는 생물이, 정확한 수는 알 수 없지만 놀랍도록 많이 있답니다. 물론 대부분은 미생물이지만요.

그러나 지구 혹은 다른 행성에 서식하는 생물체의 숫자나 그 생물체의 기이함은 우리 마음에 서식하는 생물에 비하면 아무것도 아니죠. 마음이라기보다는 꿈이라고 해야 할까요? 우리의 꿈이 나오는 세계, 우리 마음의 밑바닥 너머 어딘가에 있는 세계 같은 곳이요. 여러분은 아니라고 할 수도 있겠지만 우리의 꿈이 나오는 세계는 달과 매우 비슷한 것 같습니다. 한두 명의 선택된 사람들을 제외하고 아무도 그곳에 가본 적이 없죠. 하늘에 실제 달이 맴돌고 있다는 것에 만족할 수도 있지만, 꿈의 달의 존재에도 많은 증거가 있답니다. 꿈의 달은 우리 마음속 어딘가에 있기 때문에 진짜 달보다 우리에게 훨씬 더 밀접하게 영향을 주죠. 그래서 우리에게 훨씬 더 중요하고요.

저는 최근에 흥미로운 경험을 했습니다. 천문학자가 망원경에서 재미있는 시간을 보내는 것과 같아요. 천문학자들은 하늘의 달을 쉽게 볼 수 있는 곳에서 연구를 하겠지만, 저는 꿈의 달을 볼 수 있는 꿈의 밑바닥에서 연구를 했습니다. 천문학자들이 분화구와 사막 같은 것들을 보고, 보이는 모든 것에 이름을 붙여준 것과 같은 방식으로 저도 꿈의 달에서 본 것 몇 가지에 이름을 붙이고 묘사했죠. 제가 본 것보다 더 많은 부분을 본척하지는 않겠습니다. 당연히 제가 최초로 꿈을 탐험한 사람도 아니고요. 하지만 제가 본 것 중에는 아직 아무도 기록한 적 없는 괴상한 것이 몇 가지 있었답니다.

우선, 흙올빼미가 있었습니다. 제가 얘기하고 싶은 이 특정한 달에는 암석 깊은 곳에 귀금속과 광물이 많이 들어 있습니다. 그래서 광업이 주요 산업이죠. 지구의 석탄 광산과 비슷하지만, 훨씬 더 광범위하고 철저합니다. 달 광산 광부들의 작업은 흙올빼미라는 새 때문에 종종 중단됩니다. 흙올빼미는 단단한 암석을 통과해 날아다니죠. 제가 이 새에 대해 알게 된 것을 재미 삼아 시로 써보았습니다. 제목은 「흙올빼미 The Earth Owl」입니다.

땅속 깊은 곳에서,

달의 광부들은 말을 잃은 채로

살아 있는 미사일이

휙 날아가는 소리를 듣는다

놈은 지층을 찢어놓지

쪼개고 가르는

바위산의 기계 드릴처럼,

철광석이 매장된 곳에서도

녀석의 날개는 주춤하지 않는다—

놈의 목 위에서 선회하고 있는

그저 끔찍한 기계 드릴처럼

아주 유려하게 생긴

녀석의 두개골 그 끝에 자리한

새로운 눈을 나사처럼 꾹 조일 뿐—

놈의 척추는 회전하는 막대,

몸통은 그 손잡이,

날개는 추진력 그 자체—

흙먼지의 총성 속에서

불꽃이 튀고, 갈라지고, 그리고 놈이

광산 벽에서 터져 나오며,

날카로운 소리로 운다. "엑! 엑!"

그러고는 곧장 산산이 부서져

순식간에 사라져버린다.

흙올빼미는 무해한 생물입니다. 갑작스러운 출현과 시끄러운 울음소리에 놀랄 수는 있을 거예요. 달에는 몇몇 매우 위험한 종이 살고 있습니다. 예를 들면 숫자요. 지구에서 우리가 알고 있는 숫자는 해가 없는 수동적인 것이죠. 우리는 숫자에 생명이 있다고 생각하지 않아요. 숫자들은 도구처럼 사용되기를 기다릴 뿐이죠. 달에서는 그렇지 않습니다. 정말 위협적이에요. 다음 시는 달에서 가장 흔한 숫자 두세 가지에 대한 것이에요. 「달 공포Moon Horrors」라는 제목을 붙여보았습니다.

식인 호랑이는 만찬을 즐긴 뒤에 흔적을 남겨놓는다.

하지만 끔찍한, 달의 숫자 9라는 놈은 아무것도 누설하지 않는다.

아무도 그놈들이 어디서 그 엄청난 음식을 먹어치우는지 알지 못한다.

녀석들의 일격은 너무나 치명적이라서 느낄 수조차 없다.

애꾸눈, 외다리, 놈들이 고함소리와 함께 땅을 박차고 나오면

선택받은 희생양들의 눈은 곧 비틀어진다.

그들은 아무것도, 털끝만큼도 남기지 않고 그저 입맛을 쩝쩝 다시며

여느 때보다도 홀쭉해져선 괴상하게 껑충껑충 뛰면서 사라진다.

상어는 헤엄치는 사람의 몸을 한입에 반 토막 내지만.

달의 지배자인 이 포식자는 한층 더 음산하다.

행성과 행성 사이의 천국에서 예고도 없이 내려와

선반처럼 회전하며, 숫자 7이라는 무서운 녀석들이 도착한다.

올빼미든 코끼리든 시인이든 과학자든, 그들이 만지는 것

은 무엇이든지,

그 비참한 희생물들은 자주색 안개 연기처럼 즉시 시들고
만다

친척들에게 작별을 고하기도 전에, 울음을 터뜨리거나 굿
바이 키스를 하기도 전에

숫자 7들의 가냘픈 위장은 그를 무섭게 빨아들인다.

모기는 사람이 자는 동안 피를 마시고, 그래서 무섭게 여
겨진다.

달에서의 밤과 낮에는 훨씬 더 교활한 공포가 엄습한다.

알 수가 없네, 어떤 생명체가 달의 끔찍한 숫자 3의 관심으
로부터

도망칠 수 있단 말인가.

녀석은 악몽처럼 공격하고, 잠든 자의 꿈은 뒤집히고,

오렌지처럼 바짝 빨아먹히고, 그가 깨어났을 땐 이미 모든
것이 끝나 있다.

그는 완전히 텅 비고, 메말라버리는데, 그 사이 그의 소중
한 내면은

그 역겨운 숫자 3, 이 괴물이 어디에 있든 녀석을 살찌우게

되는 것이다.

그러나 위대한 영웅을 사냥하는 데 특화된 것

날아다니는 교살자, 침묵의 0이 있다.

다행히도 매우 드문데, 아마 딱 하나밖에 없는 것 같다.

전설에 따르면 녀석은 태양을 둘러싼 채로 잠든 채 살아간다.

그러나 달 영웅이 나타날 때면 녀석은 그의 머리 위로 빙
빙 돌며 급강하한다.

그의 적들은 이를 후광이라고 부르지만, 그의 친구들은 두
려움에 떤다.

그리하여 영웅의 날, 0은 그의 목을 조르고, 확실하게,

선회하며 태양의 칼날로 그를 데려가는 것이다.

달에는 위험한 것이 많습니다. 그곳에 있는 음악은 이곳의
음악과 전혀 비슷하지 않습니다. 셰익스피어는 '음악의 감미
로운 힘'이라는 말을 했어요. 음악으로 달랠 수 없는 야만적
인 마음은 인간에게 어울리지 않는다는 뜻이겠죠.

그러나 달의 음악은 진정되지 않을 것 같습니다. 이 시는
달에서 흔히 연주하는 악기 몇 가지에 대한 것입니다. 제목은

「달 음악Moon Music」이죠.

달의 피아노는 너무 길어서
피아니스트의 손에는 열다섯 개의 손가락 힘이 있어야 해.

달 위의 바이올린은 너무 맹렬해서
그것들은 깊은 우물에 가라앉아 있어야만 해, 꼭 그래야만
조용하다니깐.

달의 바순은 음정을 내는 대신에
벌렁거리는 목구멍으로 크고 푸른 아비새를 날려 보내지.

여기, 달의 하모니카는 유머러스하지만,
곡조가 독일 홍역을 일으켜, 반점도 더 많이 생긴다니깐.

너는 달의 트럼펫 소리를 제대로 들을 수 없을 거야
왜냐면 트럼펫이 트럼펫 주자를 풍선처럼 둥둥 떠다니게
하거든.

달에 있는 더블 베이스는 위험해,

첫 번째 음절에서 거대한 검은 손이 나타나 눈에 보이는 모든 것을 데려가거든.

달의 트라이앵글도 위험하지,

한 번 울리면—네 머릿속에 아일랜드 위스키 반병이 들어찰 거야.

마찬가지로, 플루트를 조심하도록 해—

왜냐면 너희 아빠가 어디에 있든 찾아내선 구역질 나는 오래된 부츠로 개조해버릴 테니까.

웬만하면 달의 드럼은 고정해놓도록 해.

조금만 때려도 드럼들이 우주 멀리로 날아가서 아무 소식도 들을 수 없을 테니까.

달에는 지구와 비슷한 것들도 있습니다. 그러나 안팎으로, 위아래로, 아니면 다른 방향으로 반대라고나 할까요. 예를 들면, 거기에도 내전이 있습니다. 내전은 지구에도 흔하죠. 지난 15년 동안 거의 언제라도 지구 어딘가에서는 내전이 계속되고 있었죠. 때로는 동시에 여러 곳에서 일어나기도 했고요. 그러나 지구에서의 전쟁은 그렇게 길지 않았죠. 달에서 내란은 적어도 달이 있는 한 계속될 것 같습니다. 적, 무기, 희망에 대한 시입니다.

오래된 달의 세계에는 많은 문제들이 있지만,
그중에서도 최악은 끝없는 내전이다.

문다커 병사들은 둥글고 작다.
각각 탱크처럼 철컥거리며, 모두가 푸른 갑옷을 두르고 있다.
달그락거리는 갑옷 아래에는 석면이 있어서
병사들은 화산에 던져져도 끄떡없다.

그들의 무기는 피를 빠는 박쥐 한 부대
(달의 전쟁에는 규칙도 심판도 없다)
병사는 이 박쥐들을 한꺼번에 적장에게 날려 보낸다.
박쥐가 배를 채우고 돌아오면 응급처치소로 보내고

박쥐는 거기서 나중의 전투를 위해 수혈할 피를 건네고,

그러고 나면 새로워진 기세로 다시 주인에게 날아간다.

달빛 군사들은 키가 크고 날씬하다.

그들은 반짝반짝 벌거벗은 것 같지만, 실은 양철로 도금되어 있다.

그들은 방어형 전사이지만, 아주 격렬하다—

그들의 무기는 전기 횃불과 바닷가재 통발이다.

그들은 박쥐의 눈에 광선을 비추고, 혼란스럽게 만들고,

그것들의 머리에 가재 통발을 씌워 주둥이를 틀어막는다.

달빛 군사들은 최후의 거대한 전투를 기다리고 있고 거기서 그들은

문다커가 부활시킬 수도 있는 흡혈 박쥐를 모조리 잡을 것이다.

그런 다음 달빛 군사들은 무력한 문다커들에게 달려들어

뜨개바늘로 달의 얼굴에서 그 녀석들을 영원히 제거해버릴 것이다.

싸운다는 것을 제외하고는 꽤 생소한 상황이죠. 반면에 달의 달팽이는 지구의 달팽이와 똑같습니다. 그냥 일반적인 종류의 달팽이예요. 소리와 크기라는 두 가지 큰 차이점만 빼고요. 이번 시는 「달 달팽이 Snail of the Moon」입니다.

달 위의 모든 것들 중에 가장 슬픈 건 껍데기가 없는 달팽이.
녀석의 통곡, 가슴이 찢어질 듯 아프고 끔찍한 통곡을 통해 당신은 달팽이가 있는 곳을 알게 되죠

그 소린 마치 누가 달팽이에게 구멍을 낸 것처럼 들려요.
전진을 위한 녀석의 싸움은 느리면서도 암울하죠.

얇은 살갗 속에서 달팽이는 슬프고, 축축하고, 차가워요,
거대한 눈물처럼. 녀석은 여기저기 돌아다녀요

태양으로부터 피난처를 찾아—
햇빛에 닿기만 해도 녹아서 흘러갈 거예요.

그러니 달의 어둠 속에서 계속 움직일 수밖에,

근육이 삐걱이고 침이 흐르고,

하지만 달 어디에도 달팽이를 위한
주차장은 없죠. 녀석은 그냥 크기만 한 게 아니에요

녀석의 이쪽에서 저쪽 끝까지, 1마일도 넘어요.
그러니 숨을 곳을 찾는 건 소용없는 짓이죠.

그래서 달팽이는 통곡해요, 자기 잠망경을 길게 빼고
어두운 달의 돌출부를 더듬고 다녀요.

달팽이는 달의 구석구석을 샅샅이 뒤졌어요. 제 생각에
저 은빛은 달팽이가 흘린 침인가 봐요.

이번에는 여우 사냥입니다. 달라 봤자 지구와 얼마나 다르
겠냐고 생각하겠지만, 달에서는 여우가 더 우위에 있기 때문
에 여우들은 기분 좋게 몸을 풀고 싶을 때 사냥에 나서고, 사
람을 사냥합니다. 시 「달의 사람 사냥Moon Man-hunt」을 보죠.

달에서의 사람 사냥은 끔찍한 광경과 소리들로 가득하네.

거기엔 빨간 재킷을 입은 여우들이 있고, 그들은 자기들만의 말과 사냥개를 가지고 있다.

그들은 비인간적인 눈을 가지고 있지, 오 그들은 경계도 없는 야만인들.

녀석들은 만나서 으르렁거리고, 귀밑까지 찢어지는 웃음을 지어.

그들도 처음에는 사교적이야, 서로에게 긴 송곳니를 보여주지, 무서운 게 없다는 걸 알려주지.

그들은 이게 그냥 좋은 게임이고 죽음과는, 눈물과는 아무 상관이 없는척해.

이제 한 번 소리를 지르고! 그들은 불길하게 꼬리를 흔들며 출발한다.

사실을 말하자면, 그들은 사악하고 살인적인 무리들이라네.

쿵쿵! 그들이 논밭을 지나, 어떤 시골 신사가 뚜벅뚜벅 걸어오는 것이 보이는 곳에 다다랐네.

땀방울이 그의 이마 위에서 얼어붙을 듯이 뛰고 그의 허벅지 위에선 털들이 곤두섰네.

그의 입술은 꿈틀거리고, 혀는 보풀이 일어난 먼지떨이 같고, 눈에서는 눈물이 쏟아져 나오지.

그의 창자는 억센 뱀처럼 뒤틀리고, 잠시 동안 그는 겁에 질려 아무 쓸모도 없이 거기 우두커니 섰네.

"하, 하!" 모든 여우들이 같은 음높이로 웃는다.

"저기 위험한 자가, 고귀한 시골 해충, 신사분, 하나요!"

그들의 발에서 흙이 튀고, 시골 신사는 절망적으로 도망치기 시작한다.

하지만 저 불쌍한 자가 이 짐승들로부터 도망칠 수 있겠는가?

다섯은 그의 발뒤꿈치를 잡고, 한 놈은 코를, 팔 하나에 열이 붙어, 그는 비명을 지르며 쓰러진다.

끔찍하기도 해라, 끔찍하군, 오 끔찍해라!

달은 많은 면에서 지구를 따라 하는 것처럼 보이죠? 그러나

똑같이 따라 하지는 못하는 것 같군요. 실수가 많습니다. 뿌리를 내리고 자라야 하는 것이 다리로 뛰어다닌다고 하니까요.

달에도 홉이 있습니다. 알다시피 홉은 맥주를 만드는 데 쓰이죠. 그러나 달에서는 아니랍니다. 생긴 것은 지구의 홉과 아주 비슷해요. 잎이 달린 긴 덩굴 모양이죠. 그렇지만 막대기를 타고 오르지 않습니다. 전혀 그렇지가 않죠. 홉에 대해서는 할 말이 별로 없지만, 중요한 것을 따로 적어뒀어요. 제목은 「달의 홉Moon-Hops」입니다.

홉은 달에 위협이 되는 성가신 작물이다.

언덕 꼭대기부터 언덕 꼭대기까지 홉들은 멈추지 않고 절망적으로 뛰어다닌다

아무도 그들이 뭘 찾고 싶어 하는지 몰라, 그들은 그저 떨어질 때까지 뛴다,

처음엔 따가닥따가닥, 다음엔 퍼덕퍼덕, 그러곤 터덜터덜, 마침내 처량하게 땅에 떨어지고 씨주머니가 모두 터질 때까지.

마지막으로 여우장갑입니다. 제가 시에 쓴 것보다 적어놓은 세부 사항이 더 많긴 하지만, 여러분이 믿을 수 있는 수

준까지만 말씀드리겠습니다. 지구에서 여우장갑은 아주 예쁜 꽃이죠. 작은 반점이 찍힌 자줏빛 종 모양 꽃이 줄줄이 달린 탑처럼 생긴 야생화예요. 하지만 달에서는 아닙니다. 여러분도 이제는 예상하겠지만, 여우장갑은 아마 꽃도 아닐 것입니다. 그렇다면 대체 무엇인지 말하기도 어렵군요. 여우장갑은 결코 모습을 보이지 않고, 흔적만을 남긴답니다. 여우장갑들이 뭘 하고 돌아다니는지 써보았습니다. 시 「여우장갑Foxgloves」입니다.

달에 있는 여우장갑은 어두운 동굴 속에 산다.
그들은 달의 어둠 속에서만 밖으로 나와 물결처럼
달의 도시로 나와 어디가 갈라졌는지 샅샅이 뒤지고
집 안에 들어가, 짤랑짤랑 돈을 모두 엎지르고,
노트를 뭉개고 은그릇을 다시 배열하고,
금붕어 어항에 손을 담그고 금붕어들을 휘젓고,
거울의 가장자리를 엄지손가락으로 지우고, 잠든 이들을 만지고
그러곤 희미한 담쟁이 넝쿨 냄새만 집에 남긴 채 엉뚱한 웃음과 함께 먼 곳으로 사라진다.

언어와 경험

의자에 앉아 있는 것은 간단한 일로, 해설이 필요 없습니다. 항공기가 하늘을 가로지를 때 반대편에서 까마귀가 날아오르는 모습을 보는 것도 간단한 일로, 말로 할 필요가 없죠. 빚을 대신 받아달라고 쓰인 지구 반대편에서 온 편지를 읽고 빚을 받으러 가는 일도 그렇게 쉽지는 않지만 해설이 필요한 정도는 아닙니다. 우리는 무슨 일을 할 때마다 아주 자세하게 매 단계를 설명할 필요가 없습니다. 굳이 말로 할 필요가 없죠. 전체 상황을 상상할 수 있으니까요. 어떤 식으로 진행할지 생각하고 제일 좋아 보이는 방식으로 처리하죠. 상상력은 장면, 사물, 작은 이야기, 인간의 감정에까지 작용합니다. 우리가 어떻게 말하고 행동할지를 생각한 다음 어떤 사람이 뭐라고 답할지를 상상하려면, 우리는 사람들이 어떻게 느낄지 그것부터 상상해야 합니다. 대체로 우리는 사람들이 어떻게 느낄지 잘 안다고 생각합니다. 당연히 틀릴 수도 있지만 중요한 건 사람들의 감정에는 의심의 여지가 없다는 사실이죠. 우리는 머릿속으로 한 마디도 떠올리지 않고 이런 생각들을 할 수 있습니다. 많은 사람, 아마도 우리 대부분은 항상 말로 생각할 것입니다. 보이는 모든 것들, 마음속에 떠오르는 것들에 대해서 끊임없이 해설을 하고, 머릿속으로 가상의 대화를 만들죠. 그러나 꼭 이렇게 하지 않아도 됩니다. 소리가 없는 사진과 흐릿한 감각으로 생각하는 사람들 역시 잘만 생각합니다. 아마 더 잘 생각하고 있을지도 모르죠. 예를 들어, 성경을 읽을 때 누가 더 많은 것을 얻어 갈 수 있을지 상상해봅시다. 모든 문장을 한 단어 한 단어 토론하는 사람, 모순을 주장하며 모든 모호함에 의문을 제기하고 모든 부조리를 따지는 사람이 있고, 몇 초만이라도 상상을 하는 사람이 있습니다. 여자가 그리스도 곁에 서서 옷감을 만졌을 때 그리스도가 돌아보는 장면을 상상하고는 실제로 동요되기도 하죠.

우리 삶의 경험도 동일합니다. 실제적인 내용, 물질적인 사실은 말의 세계에서 멀리 떨어져 있습니다. 겉으로 보기에 꽤 간단해 보이는 경험을 말로 할 때가 되어서야 우리는 우리 주변과 내부에서 일어나는 일에 대한 우리의 이해가, 우리가 가진 말과 구사력과는 거대한 격차가 있다는 것을 깨닫기 시작합니다.

언어는 도구입니다. 늦게 힘들여 배웠고 또 잊어버리기도 쉽죠. 우리는 경험의 일부를 우리 바깥에서 영구적인 형태로 만들려고 노력합니다. 사실은 부자연스럽고 어떤 면에서 보면 이상적이지 않습니다. 한 단어에는 확실한 뜻이 있습니다. 언어는 의미들로 이루어진 작은 태양계와 같죠. 우리는 언어가 우리의 의미와 우리 경험의 의미를 전달해주기를 바라지만, 우리 경험의 의미란 헤아릴 수 없을 정도로 심오합니다. 의미는 막연한 그림자 같은 형태로, 계속 변화하는 모습으로, 우리의 발끝까지, 우리가 태어나기도 전으로, 원자 상태에까지 미칩니다. 어떤 종류의 표현으로도 잡아낼 수 없는 요소들로 도달한다는 것이죠. 아주 단순한 경험도 마찬가지입니다.

예를 들어보죠. 까마귀가 비행기 밑으로 날아갑니다. 앞서 아주 간단한 일이라고 설명했던 광경이죠. 이제 이것을 어떻게 설명할 수 있을까요? 까마귀가 의도적으로, 또는 무겁게, 또는 줄 지어 날아간다고 말하기에는 뭔가 모자란 것 같습니다. 무슨 말로 해도 정확하지가 않은 것 같죠. 날아가는 까마귀의 무한한 '까마귀스러움'을 표현할 수 있는 말은 없습니다. 우리는 그저 한 단어를 가져와 대상을 가리키거나 많은 단어를 사용해 의미를 연결할 수 있을 뿐입니다. 까마귀가 날아가는 모습에서 느껴지는 불길함, 까마귀의 뻔뻔스러움, 영악함, 너덜너덜하고 해진 걸레 쪼가리가 보이기도 하지만, 부드럽고도 정확한 날갯짓, 아래로 내려올 때는 약간 서툰 것처럼 보이는 모습은 마치 날개가 너무 무겁고 날갯짓이 너무 힘찼기 때문이라는 것 같기도 하고, 흥에 차 서둘렀기 때문인 것 같기도 한, 귀신 같은 무시무시한 팬터마임이자 세련된 죽음의 사자… 이런 식으로 계속 이어나갈 수도 있겠지만, 아무리 오랫동안 이어간다 해도 까마귀의 퍼덕거리는 날개에 대해 즉각적으로 느끼고 알았던 인상과 지식을 놓칠 수 있죠. 그리고 고개를 들어 날아가는 까마귀를 본 순간, 바로 깨닫게 될 것입니다. 한 장 가득 적어놓은 묘사들이 쓰레기에 불과하다는 사실을요.

까마귀보다 더 중요한 것들이 있어요. 그럼에도 까마귀를 예로 든 것은, 우리가 말로 하고 싶어 하는 가장 단순한 것들을 언어가 어떻게 차단시키는지 잘 보여주기 때문입니다. 어떤 면에서 언어는 우리의 경험을 대체하려고 끊임없이 노력하고 있습니다. 언어가 날것의 경험보다 더 강한 한, 또 언어와 언어의 의미를 언어로 풀어놓은 사전들이 가득 차 있는한, 언어가 경험을 대체하게 됩니다.

언어의 의도에 대해서는 이만하고 넘어가 봅시다. 우리의 경험 자체, 우리가 말로 옮기려고 노력하는 것들은 어떻습니까? 쉽게 이해할 수 있나요? 이상하게 들릴 수도 있습니다만, 알고 있다고 생각하는 것을 정말로 알고 있나요?

얼마 전, 한 부랑자가 우리 집에 와서 돈을 요구했습니다. 나는 그에게 얼마간 내주고 그가 다시 멀어지는 것을 보았습니다. 부랑자가 멀리 걸어가는 것을 지켜보는 것은 간단한 경험인 것 같죠. 그러나 제가 본 것을 어떻게 설명할 수 있을까요? 까마귀와 마찬가지로, 언어가 갑자기 조금 얄팍해 보입니다. '부랑자가 떠났다'라고 말하는 것만으로는 충분하지 않군요. '부랑자가 마치 최대한 빨리 가장 가까운 모퉁이로 몸을 숨기고 싶다는 듯 총총거리며 살금살금 사라졌다'라고 해도 마찬가지로 만족스럽지 않습니다. 일반적인 서술에서는 이 정도면 괜찮습니다. 작가에게는 시간이 없으니까요. 이 남자의 걸음에서 보이는 모든 것을 적으려고 하면 다음으로 넘어갈 수 없을 것이며, 다 쓰지도 못할 겁니다. 그러자면 남자에 대한 전기 한 편을 써야 할 테고, 책 한 권 분량이 될 거예요. 책 한 권을 마치고 나도, 다시 까마귀 때와 마찬가지로 가장 중요한 요소는 놓치고 말았을 것입니다. 내가 본 것, 부랑자를 마주한 순간 알게 된 것, 모든 것에 불을 밝히고 뼛속까지 느껴진 1,000볼트의 충격 같은 순간이 종이 위의 단어와 문장에서는 그저 따끔거림만 느껴질 뿐이니까요.

한 사람의 걸음에서 우리는 무엇을 볼 수 있을까요? 그 사람의 모든 것을, 그 사람의 인생까지 볼 수 있다고 앞서도 얘기했지만, 어떤 면에서는 정말로 그렇다고 생각합니다. 어떻게 그런 일이 가능한지는 아무도 모르죠. 어쩌면 우리의 본능적이고 무의식적인 모방 본능이 언뜻 본 인물을 재현하는 것일 수도 있습니다. 우리는 인물을 정확히 모방합니다. 그가 느끼는 모든 것을 즉시 느끼고, 걸음걸이나 동작이나 모든 면에서 그 인물의 독특한 특징을 포착합니다. 어쩌면 더 많은 것이 작용할 것입니다. 어떤 식으로 작동하든지 우리는 인물에 대한 정보를 얻습니다.

정보를 얻는 것과 그것을 의식하는 것, 정보를 가지고 있다는 것을 아는 일은 별개입니다. 우리 뇌에는 대저택이 여러

채 있습니다. 대부분은 문이 잠겨 있고, 열쇠는 안에 있죠. 보통 첫 만남에서 우리는 하나의 주된 인상을 받습니다. 좋거나 싫음, 신뢰감 또는 불신감, 진정성 혹은 부자연스러움 등 생생하지만 꼬집어 말할 수는 없어 막연한 표현으로 묘사할 수밖에 없지만요. 이 막연한 표현이란 것은 어두운 물속에 있는 거대 물고기의 움직임과 같습니다. 물고기는 보이지 않고 단지 지느러미만 볼 수 있다는 점에서요. 물고기를 잡거나 들어 올릴 수도 없죠. 이 인상을 말로 표현하는 것이 일반적으로는 가능하지 않지만, 가끔은 잘되기도 합니다. 타고난 사람들도 있고요.

소설가 H. E. 베이츠의 습관에 관해 읽었던 것이 기억나는군요. H. E. 베이츠에게는 그가 만나거나 본 사람들의 이야기를 상상하는 습관이 있었습니다. 나중에 소설에 사용하기 위해 적어둔 이야기도 몇 가지 있었다고 합니다. 그러나 시간이 지남에 따라 그는 자신이 지어낸 이야기들이 그 인물의 실제 삶과 정확하게 일치하는 경우가 있다는 것을 알게 됐죠. 이상한 점은 그가 지어낸 인물들의 이야기는 모두 순전히 상상으로 만들어진 것이었어요. 하지만 그는 사람들을 본 것만으로도 웬일인지 세부적으로 정확한 정보를 알아냈고, 그게 무엇인지 인식하지 못했습니다. 그저 그 순간, 자신의 머릿속에 명명되지 않은 채로 이미 들어 있던 정보를 발견했을 뿐이었죠.

스위스의 위대한 정신분석가 융도 자서전에서 비슷한 얘기를 합니다. 어떤 대화 중에 그는 일반적인 요지를 설명하려고 가상의 인물을 예시로 들었어요. 가상의 상황을 설정해 가능한 행동을 묘사한 것이죠. 그냥 요점을 설명하기 위해서요. 그런데 그와 대화하고 있던 사람, 전에는 만난 적이 없던 사람이었는데, 그 사람이 몹시 화를 내더랍니다. 융은 그 사람이 왜 화를 내는지 이해할 수 없었죠. 나중에 자신이 지어낸 이야기가 사실 그 사람의 사생활에 대한 자세한 상황을 묘사했다는 것을 알게 되었습니다. 대화 중에 융은 인식하지 못한 채 그것을 포착해낸 것이에요. 원하는 이야기를 만들기 위해 상상 속에서 자료들을 모을 때 그런 정보를 발견한 것입니다.

이 두 사람은 자신이 얻은 정보를 깨닫지 못했습니다. 둘 다 그 자리에서 이야기를 만들어낼 일이 없었다면, 그리고 나중에 순수한 상상력이라 생각했던 것이 실제 사실이었다는 것을 우연히 발견하지 못했다면, 끝까지 알지 못했겠죠. 둘 다 자신의 경험을 의식하지 못했고, 그 정보를 실제 가지고 있는 것도 알지 못했습니다.

이런 식으로 단번에 경험을 인지할 줄 아는 사람들에 관한 기록이 존재합니다. 낯선 사람과 처음 만났을 때 이 사람들은 몇 초 만에 낯선 사람의 일생을 영화 필름이 돌아가듯이 선명한 그림으로 볼 수 있습니다. 의지와 상관없이 일어나는 일입니다. 그저 보이고, 보이는 것이 낯선 사람에게 속한다는 것을 알게 되는 거죠. 융과 베이츠도 그랬지만, 알지 못했어요. 독특하게도 낯선 이를 만나 즉석에서 이야기를 만들어내야 했을 때만 보았다고 할까요. 저는 누구나 어떤 식으로든 이런 비슷한 일을 겪어봤을 거라고 생각합니다.

비슷하지만 이런 사람들도 있습니다. 물건에 얽힌 이야기나 인간의 전생까지 인식할 수 있는 사람들이죠. 이들은 '사이코메트리'라고 알려져 있습니다. 범죄에 쓰인 무기나 도구에서 범죄나 범인에 관한 이야기를 읽어낼 수 있어 경찰에 협력하기도 했죠. 오류가 없는 것은 아니지만 놀라운 성공률을 보이는 사람도 있습니다. 특정 물체를 놓고 그들은 상상을 통해 번뜩 떠오르는 것을 포착해냅니다. 모든 사람에게 잠재적으로 이런 능력이 있다고 말하는 사람들도 있습니다. 어려운 것은 정보를 얻는 것이 아니라 이를 의식하는 것, 그리고 그의식을 인지하는 것이죠. 놀라운 일이 아닙니다. 우리는 대부분 우리가 무엇에 대해 어떤 감정을 갖고 있는지 알기를 어려워합니다. 어느 상황에서 우리에게 실제로 무슨 일이 일어나고 있는지를 거의 알 수 없죠. 흥미진진한 생각과 아이디어가 있으면서도 역시 자기 불신으로 가득한 뇌를 가졌다는 건 인간의 약점일 수도 있습니다.

우리 집을 찾아온 부랑자에게서 저는 강한 인상을 받았습니다. 그 인상은 그가 떠난 후에도 오랫동안 저를 괴롭혔습니다. 여기서 제가 알게 된 것은 무엇일까요? 그가 떠나는 것을 지켜보며 제 마음속에서 흔들리던 것이 무엇이든 간에 고통스러울 만큼 얽힌 것을 어떻게 풀어 살펴볼 수 있을까요.

부랑자가 사라지는 것을 지켜본 것, 부지불식간에 그의 인생을 떠안게 된 것은 우리 안에서 항상 일어나는 사건에 비하면 경미한 경험일지도 모릅니다. 우리의 개별적인 역사, 개인적인 이야기, 시간에 따른 생물학적 변화와 현재의 즉각적인 상황과 우리가 알고 있는 이 모든 것은 우리 생활에서 의미를 알아내고자 노력하며 우리 주변에서 계속되고 있습니다. 우리는 무엇이고 무엇이 될 수 있는지, 해야 하는 것과 하지 말아야 할 것은 무엇인지, 그리고 오랫동안 겪었지만 시간이 거꾸로 흐르기라도 하듯 우리 내부에서 여전히 계속되고 있는 그 상황 안에서 정확히 무슨 일이 일어나는 것일까요.

이 모든 것은 우리의 경험입니다. 우리를 측정하는 도구입니다. 저는 우리의 진정한 지식, 그리고 지식을 인식하는 것에 대한, 일상적인 관념을 넘어서는 무한한 방법을 제시하려고 노력했습니다. 경험이라는 내면의 우주를 모른 채 산다는 것은 우리 자신과 우리의 진정한 삶을 모르고 사는 것과 같습니다. 처음으로 뇌 용량을 진화시킨 이래로 즐거움을 찾을 수 있는 곳이라면 어디서든지 진정한 자신만의 경험을 소유하기 위해, 다시 말하면 진정한 자신을 되찾기 위해 애써온 것이 인간의 일이었습니다. 이를 대신할 종교를 발명하기도 했고요. 그러나 대신하지 않고 스스로 찾기 위해서 발명한 것이 예술이었지요. 음악, 그림, 무용, 조각, 그리고 이 모든 활동을 포함하는 '시'.

왜냐하면 아주 잠시라 할지라도 머릿속 저택의 문을 열고 무엇인가 표현할 말을 찾는 것이 가능한 순간이 있기 때문입니다. 까마귀가 날아가는 방식, 한 사람이 걷는 방식, 거리의 모습, 10년도 더 전에 우리가 했던 일들에 대한 정보의 조각들이 잡히는 순간 말이에요. 바로미터의 순간적인 효과에서

부터 인간을 나무와 구별되게 만드는 힘에 이르기까지 우리를 우리답게 만드는 심오하고 복잡한 것을 표현하는 단어, 강을 따라 흐르는 물처럼 순간순간 우리를 움직이게 하는 들리지 않는 음악, 강물에 떨어진 눈송이의 영혼, 이중성과 상대성 그리고 이 모든 것의 덧없음, 절대적으로 중요하면서도 완전히 무의미한 것… 언어가 이런 것을 감당할 수 있을 때, 그 순간을 잡아낼 때, 원자나 기하학 도형이나 렌즈가 아니라 인간의 호흡과 체온과 심장 박동을 만들어내는 그 순간을, 우리는 시라고 부릅니다.

오늘부터, 詩作

테드 휴즈 지음 | 김승일 옮김

초판 1쇄 인쇄일 2019년 9월 9일
초판 1쇄 발행일 2019년 9월 20일

발행인 | 한상준
편집 | 김민정, 강탁준, 손지원
디자인 | 김성인, 조경규
마케팅 | 강점원
관리 | 김혜진
종이 | 화인페이퍼
제작 | 제이오

발행처 | 비아북(ViaBook Publisher)
출판등록 | 제313-2007-218호(2007년 11월 2일)
주소 | 서울시 마포구 연남동 월드컵북로6길 97(연남동 567-40) 2층
전화 | 02-334-6123 전자우편 | crm@viabook.kr
홈페이지 | viabook.kr

Korean translation copyright ⓒ 2019 by Viabook
ISBN 979-11-89426-60-6   03800